香港獨立書店在地行旅

日常書店

Daily Life in Independent Bookstores of Hong Kong

周家盈 / Slowdown Town 著

推薦序——①

獨立書店的一本初衷

由於不受重視，香港不少事物，如茶餐廳、港式奶茶、菠蘿包等，最早是甚麼時候出現和在甚麼情況下出現，全都無從稽考。獨立書店的情況亦不例外，要找到獨立書店最早出現的時間和具體情況，並非完全不可能，但恐怕要費盡九牛二虎之力，也只能找到一些線索而已。

在這裡不妨大膽以自己的聽聞，紀錄在案，即使未必完全正確，也可作參考，不至完全湮沒無聞。

就讀大學期間，同學間流傳一種講法，當時大學裡的個別講師，有感中國大陸的文化大革命，喊著「除四舊」口號的紅衛兵，除了對公眾領域的歷史文物大肆破壞，更擅闖文人的居所，加以批鬥。個別像老舍的文人，不堪折磨而輕生；家中的藏書亦幾乎盡毀。長此下去，中國歷史裡的經典著作，有可能無法流傳。因此大學裡個別講師，帶頭在香港印製一些重要的經典著作，並且開設書店專門售賣這些著作。

依稀記得書店名為龍門書局。

這家書店或許是香港首家獨立書店；成立的背景則是為了彌補文化大革命的重大災難，換言之香港最早出現獨立書店的具體情況無非是文化使命驅使。

根據個人觀察，由第一家獨立書店開始，香港的獨立書店在不同程度上都帶著某種文化使命。售賣書籍的利潤微薄是眾所週知的事，但利潤微薄不一定是問題，薄利多銷便可以解決。

真正的問題是獨立書店不可能多銷，遇著一些成為全城話題的暢銷書，佔有位置優勢的書店確能做到多銷。一般獨立書店位置雖不至隱蔽，但卻談不上有優勢；因此，即使偶然出現全城熱話的暢銷書，也不可能多銷。最大的問題是書籍有別於一般貨物，後者減價便能促銷。書籍即使是免費贈送亦未必有人感興趣，因此薄利多銷於經營書店不一定奏效。香港的獨立書店最常遇到的問題便是積存大量無法出售的書籍，以致現金週轉不靈。

香港的獨立書店，不是每一家都像龍門書局那樣，出於鮮明的文化使命而成立；但每家獨立書店總會有自己的故事，或許只是經營者的一份執著，又或者是個別人士的愛好。這些故事無論如何微不足道，但卻必定跟香港主流社會或建制人士的理念大為不同，或許這點正好是獨立書店的相關文獻有如鳳毛麟角的因由。因此這本很可能是香港首部介紹香港獨立書店的小書，所盛載的重大意義不限於書本裡訴說的故事。

馬國明

曙光書店創辦人

香港文化人、大學講師、專欄作家。一九八四年於香港灣仔莊士敦道創辦曙光書店，由於早年曾研究哲學家華特．班雅明（Walter Benjamin），故書店亦以銷售哲學、社會學、政治學及經濟學的英文專書為主，是香港一九八〇至九〇年代重要的英文書籍專售書店。二〇〇四年由於身體抱恙把曙光書店併入羅志華先生經營的青文書屋。二〇〇六年因為租約問題，青文書屋亦宣告暫停營業。著有《從自由主義到社會主義》、《路邊政治經濟學》、《班雅明》、《馬國明在讀甚麼》、《全面都市化的社會》、《歐洲12國16天遊》及《雨傘擋不住的暴力》等。

由昔日「青文／曙光」到今日「書店的復興」

我跟香港的「二樓書店」（在台灣被稱作「獨立書店」）有長達二十年以上的緣分。

一九八二年，我在台北台灣大學旁的一間地下室開了一間販售人文與社科書籍的專門書店後，自然有遊走港台兩地的學者、讀書人熱心牽線，因而結識了許多香港的同業，特別是在灣仔莊士頓道 214-216 號三樓 B 座的二樓書店——「青文／曙光書店」。

青文賣中文書，曙光賣外文書，皆以販售人文與社科類書籍為主。他們共用一個店面，各據一側、各司其職，中生代的香港讀書人一定都還印象深刻。

青文老闆羅志華先生南人北相、熱情洋溢，講一口非常粵式口音的國語；曙光老闆馬國明先生文質彬彬、個性內斂，完全的書生形象。兩家書店、兩個老闆共用一個樓面，一中一西，分進合擊。縱使以今日的眼光來看，仍應說是

「防禦性經營」的典範。

一九八七年七月十五日以前，台灣實施長達三十八年的戒嚴法，想在台灣看大陸簡體書簡直是緣木求魚，敢賣簡體書也會被以違反《動員戡亂時期臨時條款》伺候。到了解嚴前幾年，國府的思想管制已略略鬆動，我總在青文書店挑一小批大陸簡體書（不可能太大批，引起當局注意）裝在行李箱帶回台灣銷售。後來青文也自己出版書，我們兩家就互換出版品，形成策略性營銷聯盟，青文在港賣唐山的書、唐山在台北賣青文的出版品。

因為這一層關係，我一年總得走訪香港少說四、五次，香港也成為我逃避台北繁重工作的後花園，常常在公幹之後抓緊時間，寧可不逛景點，不能不逛旺角一帶的二樓書店。

香港二樓書店，書種繁多，港、台、大陸書、外文書皆備，對當時的台灣同胞，進書店就是一種享受。不幸的是，西元二〇〇〇年以降一連串的歇業潮：P.O.V（壹角度）書店、東岸、學峰、洪葉……相繼收店；更不幸的是，曙光馬國明老闆在二〇〇三年身體嚴重違和，青文羅老闆更在二〇〇八年，利用過年期間在倉庫整理存書時，遭倒下的書重壓致死。消息傳來，我既悲傷又痛心，我熟悉的香港行乃戛然而止。香港的書肆，我也漸不熟悉了。

二〇一四年夏天，「台灣獨立書店文化協會」首度組團參加了香港國際書展，我因而重新踏上這片我曾經再熟悉不過的土地；透過當時《號外》雜誌記者蔡倩怡的熱心安排，我們拜訪了序言書室、艺鵠書店，我又再次找回那份熟悉、自在的感覺。也特地在回台前一天，轉至莊士頓道上的曙光／青文原址憑弔一番。然景況雖舊、人事已非的失落感，也重重的打擊了我。

今天盼到了香港獨立出版社格子盒作室《書店日常》一書即將問世，更在作者周家盈屬意下寫了這篇小序，從事先拿到的本書的草樣，看到本書介紹的多家書店是新世紀以後才陸續開張的，而且店址遍及全港，這應該是一個好現象。

台灣這幾年也有這種現象，雖然關了一些書店，卻又開了不少新書店，而且這些新書店，記取了老書店關門的教訓，無論書店風格、理念，都像是浴火鳳凰般蛻變出來。這個現象我們就姑且稱之為「書店的復興」吧！

願本書的出版，不但帶動港人逛書店買書的熱潮，讓書店再度為大眾注視，更希望能作為海外華人訪港時逛「獨立書店」的最佳指南。

我們都這樣熱烈的期待著！

有一天，你在一家香港的二樓書店看到一位耄耋老者，駝著背、拉著行李箱，跟櫃台的員工用台北口音的普通話交談時，那可能就是我，正在重溫失落多時的香港二樓書店（不！按台灣的說法應該是「獨立書店」）之戀。

陳隆昊

台灣獨立書店文化協會理事長／唐山書店店東

一九八二年成立唐山出版社，專門出版人文及社會科學類學術書籍；一九八四年於台灣大學附近成立唐山書店。長期推動及關心台灣獨立書店文化，見證台灣三十多年來的學術思潮和社會變遷。二〇一三年出任台灣獨立書店文化協會理事長；二〇一四年獲第十八屆台北文化獎。

海拔高度卓越超群的香港獨立書店（們）

只要想起香港的獨立書店，我便會先想起達寧的序言書室，以及它門口那一座狹小卻貼滿藝文資訊或塗鴉的電梯。我的身體感官依然記得入口電梯抵達書店樓層時的震顫。每次走進序言書室，總能感受到一股隔絕（樓下的）世俗吵雜與紛擾，隨時蓄勢待發的能量。

那電梯的震顫，或許也暗示上門的讀者們，準備要接受閱讀洗禮了。

一般台灣讀者對於香港書店的印象，或許停留在「二樓書店」。對台灣人而言，店面就是應該開在人來人往的街道一樓才是王道，一家開在二樓的店，可能會先被貼上「賺不了錢」的委屈標籤。然而，實際到了香港，我才發現所謂「二樓書店」已經幾乎絕種，拿著朋友提供的地圖探路，終於密麻街道上找到書店時，往往發現招牌上寫著「電梯按5（或是6、7、8等）字」。

我的老天，開在如此高樓層的書店，會有生意嗎？

書店愈開愈高，路邊的店面則是忙著販賣奶粉、珠寶，甚至也聽聞書店必須販售零食等日常用品才能維生。街道上人來人往眾人忙碌奔波，餐廳內高朋滿座，書店內卻只有小貓兩三隻，讀書的人在哪裡？買書的人，又在哪兒呢？

書店的垂直高度或許是一種隱喻：書本對於現代人而言，可能愈來愈遠了。但書本沒有長腳，遠離的或許是讀者，書還在架上等人翻閱。無奈，隱身在高樓層的書店，或許就連招牌都讓人看不清了……

《書店日常》的問世，提供了本地或外地讀者按圖索驥探訪書店的最佳機會。下次造訪香港時，我想要帶著這一本書前往各家書店，親口聽這些書店老闆們訴說他們的故事，然後，我不會忘記請他們推薦一本書，讓我能夠買回家，透過閱讀去感染他們的勇氣，以及對於書本忠貞不二的愛情。

陳夏民

逗點文創結社總編輯／「讀字書店」合夥創辦人之一

著有《讓你咻咻咻的人生編輯術》、《那些乘客教我的事》、《飛踢，醜哭，白鼻毛：第一次開出版社就大賣——騙你的》，譯有海明威作品《太陽依舊升起》、《一個乾淨明亮的地方》、《我們的時代》。

書店是——城市的氣質和靈魂

我愛旅行，每當周遊異國，都會尋找書店，也許是一剎的偶然，有時在街角，有時在鬧市裡的陋巷，發現不起眼的招牌，櫥窗裡鋪呈紛紛籍籍的書，洋溢著令人好奇的魔力。

紙的原料是樹木，我願意相信北歐人所說的精靈。在我眼中，書有書靈，每本書都有獨立的個性。人要衣裝，書有書衣。有的書濃妝艷抹，花枝招展，非要你盯上她一眼不可。有的書落落穆穆，孤高地佇立在一隅，暗中期待賞識的目光。

每本書都在等待一段緣分，書店就是一個浪漫的約會地點，人與書邂逅的廣場。每當我耽湎在寸金寸土的書架之間，聞著書香，總會樂滋滋的，亦從書店的陳設和書種看出店主的品味，看出一片隱藏在城市裡的文化光景。

三年前去法國，我錯過了著名的莎士比亞書店，實在是人生憾事。這間以莎翁命名的獨立書店，主要銷售英文書，居然位於巴黎左岸。提到這間書店，有人或許會想到金城武拍的廣告，但我腦海裡總是立即浮現出版界的傳奇一頁——一九二〇年，店主西爾維亞與失意的作家喬伊斯相遇，催生了《尤利西斯》這本巨著，由莎士比亞書店代理出版。文學教授常常為此額手稱慶，要不是西爾維亞獨具慧眼和極力推廣，這本名列「時代雜誌百大英文小說」榜首的作品，就不會映入世人的目光，最終沒沒無聞而湮沒。

誰想到一間小書店會改寫一個作家的命運？

還有海明威、福克納、龐德……

在那個動盪的時代，他們都在莎士比亞書店閒聊，度過了美好的時光，那裡不僅是他們的收容所，也是他們的烏托邦。

我回到香港，在悶熱的鬧市裡閒晃，滿眼都是周××的招牌，不禁冒出噁心的厭惡感。我暗自惆悵，往事只能成追憶，但我寧願回憶沒有更新，永遠停留在印象中的舊時代。但我知道，儘管香港店租冠絕全球，還有小書店在苦苦經營，始終有人在默默耕耘。

就算這是一片文化荒漠，但荒漠中依然有綠洲，有人竭力往地底挖出一口心靈的甘泉。

看見書中介紹的「Books & Co.」，我心頭驀然一暖，想起在香港大學唸書時的美好時光。有時碰上空堂時間，或者心情不佳蹺課，這間柏道上的書店都是我的留連之所。書與咖啡是天下無雙的組合，我在店裡躲雨，逃避外面的世界，靜靜寫稿，享受獨處的快樂。

一間書店在我心中留下了回憶，也必然在別人心中留下回憶，都是一些不可磨滅的回憶，令我們對這座城市有情。

實在無法想像倘若這些書店結業，我們會感到多麼的難受，又是多麼的惋惜，就像硬生生被陌生的強盜奪走了感情和回憶。

有幾多書店因為閱讀風氣萎縮而結業？

又有多少作者因為書店數量減少而心寒？

一座缺少書店的城市，就是一座心靈不健康的城市，人人因為心靈空虛而鬱鬱寡歡。

FLOW BOOKSTORE、梅馨書舍、發條貓……

這本書介紹的小書店，有的我去過，有的聞所未聞，說來慚愧，真是有眼不識泰山。我知道，有一天，我會將這本書當成尋幽探秘的指南，鑽進大街小巷，拜訪一間間獨立小書店。當然最好用行動支持，但就算不買書，我也希望用一個由衷的笑容，來告訴店長或者店員：這樣的小店很值得欣賞，這樣的志業充滿意義。

沒有他們，這座城市就會沒有氣質，沒有靈魂。

曾經有一間真摯的書局在我面前，我沒有珍惜，等到失去的時候才後悔莫及，塵世間最痛苦的事莫過於此……

天航

香港小說作家

香港作家，現居台灣。十九歲推出第一部作品《戀上白羊的弓箭》，至今已創作超過三十部著作，部分小說已被改編成漫畫、舞台劇及廣播劇。二〇一五年榮膺第二十六屆「中學生好書龍虎榜——中學生最喜愛作家」，他亦曾多次獲香港年度暢銷作家殊榮。

推薦序——⑤

書店盛載的，是……

因為事忙，在本書的編輯阿丁請我為新書寫推薦序時，我是想拒絕的。我在衝稿途中都不願意閱讀其他小說，怕會影響自己的文字風格、寫作思路。但阿丁告訴我這不是小說，我便想，姑且先看一下吧。

而我收到書稿、翻了幾頁後，我便覺得，能夠為這本《書店日常》寫推薦序是我的榮幸。

我們都聽過「書本是知識的載體」或「書本是文化的載體」的說法，那麼，往外踏一步，我們自然能說「書店是書本的載體」了（嗨，別吐槽說是書架或書包）。雖然香港經常被人戲謔為文化沙漠，但愛閱讀的市民仍有一定數目，然而，在這些愛書人當中，又有多少人關心書店這個載體呢？

資源困乏的獨立書店，營銷能力一向不如連鎖書店或由集團經營的大書店，而在互聯網興盛的今天，獨立書店更要面對海外對手的競爭，可說是腹背受敵。論書種齊全、一買即讀，讀者可以光顧連鎖大書店；論性價比、便利性和到貨速度（以台灣的新出版物為例），讀者很可能會選台灣的一些網路書店。結果，單以「價格」和「方便」來看，獨立書店只有捱打的份兒，被市場淘汰似乎是遲早的事。

問題是，我們閱讀，只是單純為了獲得書本上的知識和文化嗎？

本書介紹的各家獨立書店，訪問的各位書店店長，都提供了不同的答案。每一家小書店都有不同的面貌、不同的特色、不同的風格、不同的感覺。書店盛載的，不單有書本，更有選書的心得、文化的連結、時代的刻印、邂逅新事物的機遇，以及人與人之間的感情。這些都是無法以「價格」或「便利性」來衡量的。

說來慚愧，縱使我是個小書店支持者（我會特意到小書店買在大書店看到的書），本書介紹眾多獨立書店中，我只知道其中四家，光顧過的更只有兩家而已。我打算之後到書中那些我沒到過的書店逛逛看，期望你也跟我一樣，說不定，我們會在這些小店相遇，然後跟店長和店員們一起聊書聊文化聊歷史哩。

陳浩基
香港推理小說作家
寫於台北永康街某非連鎖咖啡館

台灣推理作家協會海外成員，二〇一五年憑作品《13．67》獲台北國際書展「書展大獎」，他也曾獲「島田荘司推理小說獎」首獎（《遺忘．刑警》）、「倪匡科幻獎」（科幻短篇〈時間就是金錢〉）、「可米瑞智百萬電影小說獎」（《合理推論》）等多項寫作殊榮。

推薦序——⑥

十巴仙的愛

在巴黎、利物浦、布拉格、京都等地旅遊，總會鑽進書店尋些書，都不是連鎖店，有兼賣古老明信片、博物館商品會賣的那種紀念品，有兼銷黑膠唱片。要經營一家書店，各處鄉村各處難，總要賣些與書無關的商品，給普羅讀者更多購物選擇。

在香港搞出版、開書店，無疑是一門奇怪生意：貨品發行商自出版社以半價左右的批發價取書，以書籍定價六至七折交到各大小書店，這些書店肩負租金、薪金、強積金、燈油火蠟，有數不完的開支，卻以書籍定價的八折賣給讀者。書價的一成能支持上述開支嗎？書籍出版成本，本來就很高：設計師要收入，編輯要收入，校對員要收入，印刷廠要收入，運輸工人要收入；印刷量大者，成本可因量調低，但風險高。凡此種種，一般還是佔定價三四成。若非熱愛，出版者與書店人，怎會為微薄的十巴仙奮鬥？

此書尋訪的香港書店店主，都懷著對書的熱愛經營；在訪談中，讀者會發現，他們幾乎不以為這是一盤生意，而是一門事業、一種使命：為讀者保留值得細讀的作品，卻又不得不向現實學習——學習如何在高地價、高租金、空間小的環境中，尋找適合讀者與書籍放置的空間，要比圖書管理員更會管理書籍，尋得最合理，甚至最低成本的書籍進口途徑。

日本有尋訪小書店的書如池谷伊佐夫手繪的《神保町書蟲》，戰後日本湧現的書店是國民的精神寄託，其時出版人編成現代文學系列影響至今，在神保町的二手書店甚至能讀到這批書的原版。台灣有尋訪世界各地書店的書如鍾芳玲的《書店風景》，遊蹤處處不忘書。香港也曾有出版書店尋訪的書，可惜幾近絕版。近年香港小書店回春，源於一群不甘只守「中環價值」的人物，他們相信書與人，給了香港方寸空間的無限想像，為的不僅是十巴仙的經營，還有更遠大的理想。加之香港發生了一場佔領運動，群眾覺醒程度雖各有差異，如何思考「理想」、「價值」以至「代價」則成為共同記憶。有一大群人冒著違法被捕的風險，違法達義，告知世人他們相信的、堅守的是甚麼。仍有人不理解，甚至曲解他們的行動，卻以書寫、以後續行動來證明他們的意志。

香港大小書店是由一群堅守價值的愛書人築成的，當權者從來沒有文化視野，從來把文化事業當作是別人的生意，發明諸多行政關卡變相約束熱愛書的、單純的愛書人。他們不曾在當權者的政策範圍，沒有租金優惠，沒有甚麼局的支援，一直以來都在用自己的積蓄，為的是熱愛，為的是相信——相信書，相信人，相信香港。《書店日常》就在這背景下出版，尋訪的書店偏及中環、尖沙嘴、旺角、西貢等，有深度專訪，也有書店門市羅列。

這群人堅守的十巴仙，我相信這不是一門生意經營，而是一種令人難以置信的愛。

袁兆昌
香港文化人

現職編輯。畢業於嶺南大學中文系，曾獲青年文學獎、中文文學創作獎。著有多部青少年文學作品，其中《超凡學生》曾兩度獲選「中學生好書龍虎榜」。

隱藏香港民間的精彩

活在香港，我們經常都縈繞在一種「人哋有，我哋無」、「人哋幾好，我哋幾渣」的陰影中。

朋友去完別國買手信回港，竟要感歎：「換轉外國朋友來香港，要買手信回家，我真想不出有甚麼好提議。」我們到外地旅行，很知道要去甚麼景點，換轉外國朋友來香港，你會提議到幾個必去不可的明勝古蹟呢？

然而香港的色彩，不在其表面、明顯、規範了的地方，而是遍布在城市角落、生活細節。正如我們有一隊很有層次的球隊，香港確是一個很有層次的地方。

這不是因為「人哋好，我哋渣」而後的阿Q精神，而是當我對其他好些城市也有所認識後，對香港的體會。

就像旅遊，現在我一定會帶外國朋友參加 secret tour，走訪大排檔、鐵皮欄檔、老舖、街市、農莊，聽聽背後的故事。

就像書店，我們沒有廿四小時營業、給人通宵打書釘的大型書局；但「隱藏」在城市不同角落的獨立小書店，卻是一眾愛書人的寶藏。

同樣珍貴的是，主理這些書店的，不是面目模糊的財團和管理層，而是我城裡有著不同理念和性格，但都有志推廣閱讀的各路英雄。這些書店，是有著不同個性、養分濃度甚高的有機空間，各自各精彩。

要是我們真的怕變成阿Q，我們就應主動去發掘這些隱藏民間的精彩，互相去支持、去推動。

於我，周家盈的《書店日常——香港獨立書店在地行旅》意義就在於此。

黃修平

香港電影導演

憑《狂舞派》（二〇一三年）獲第三十三屆香港電影金像獎新晉導演獎，其他主要作品包括：《哪一天我們會飛》（二〇一五年）、《當貝克漢遇上奧雲》（二〇〇四年）、《魔術男》（二〇〇七年）等。

再版序——

起程去，以閱讀空間為起點的散步

本書出版之後，有幸獲資深文化人劉細良先生邀訪。提及巴黎具地標性的莎士比亞書店，孕育無數著名作家，甚至成為旅人風景。反觀香港，他稍頓再問：「你認為香港的獨立書店是否於夾縫中極力生存？」租金高昂與市場壓力，致使小書店旋生旋滅，無法造就傳奇。的確，在初版推出至慶幸有機會再版的這幾個月之間，有書店因周轉不靈、租約期滿、政治等原因結業，也有書店開闢空間或另覓地方發展，盡是變幻莫測。

作為愛書以及文字記錄者，或許答案如何也該沒重度，嘗試從個人體驗去說明。書店本來就是一生命體，選書、裝潢、陳設、活動、店長、店員與顧客的緊密關係等元素，以至知識本身也一直流動。要有像莎士比亞書店這般人文風景，必先有「人」這重要構成。在香港金錢至上、消費主義盛行的現況下，書店只能以商場營運方式呈現，迎合主流；閱讀以至生命本質的探索思考竟屬「離經叛道」。

它是書店，任何冷門的期刊女主人都會幫你弄來；
它是圖書館，供人們盡情借閱；
它是出版社，出版全世界沒有人敢碰的禁書；
它是銀行，窮苦的作家若有急需，可以賒帳借款；
它是郵局，流浪的作家以此為通訊地址。

——《莎士比亞書店》雪維兒．畢奇

在很多城市裡，以書店為中心而規劃的旅行不斷發生，譬如東京的神保町古書街和台北的「溫羅汀」三街區域。也許我們也該顛覆對旅行的普遍想像，發想一趟以閱讀空間為起點的散步。如台灣自然人文作家劉克襄先生所言——旅行本來就不止是去知名的地方，而是從不知名的街巷和人物中，尋找感動的插曲。

初版序——

一家書店，溫暖一座城市

書店，不只是一門生意，在書籍買賣之間，存在一種精神交流，那也是閱讀對談、沉澱思緒的地方。遊走於各獨立書店間，逐漸發現，每間書店獨一無二的故事，都是店主性格的延伸。

書本，就像水分，滋養萬物，缺乏了，身體仍在，靈魂卻沒了。人苟延殘喘，蘋果成了乾癟皺巴的果乾。若一個地方沒有了書店，也就沒有靈魂，徒具軀殼。

閱讀引發思考，安靜下來，彷彿重新認識自己所渴求的，生活並非營營役役、白駒過隙。然而在香港，資訊流動海量，生活步伐亦急促，人們整天拿著智能手機，願意專注閱讀文字的人屢見鮮少。

資本主義愈趨極端，傳統及社區書店負擔不起昂貴街舖租金，而要走上唐樓高層，時亦聽聞開業良久的特色書店結業、經營困難等消息。雖然媒體時有報道，卻是人們習慣對閱讀和出版業的憑弔與哀悼。

希望以文字與影像，記錄及連結書店的故事，喚起人們文化意識，發現香港除了是「亞洲國際都會」以外，還可以有更質樸、更美麗的城市風景。

周家盈 Suki Chow

有些錢可以慢慢花、有些話可以慢慢說、有些路可以慢慢走、有些事情可以慢慢做、有些甜美和苦澀可以慢慢咀嚼、有些風景可以慢慢欣賞、有些目標可以慢慢達成、有些生命中的唯一可以慢慢等待。——slow the world down.

二〇一四年一月成立「Slowdown Town」，an independent zine from HK。

樓上書店堅守知識傳播的崗位；

二手書店宣揚環保惜書理念；

舊書業守護文化作品流傳；

社區書店印證與維繫小區感情回憶。

目錄

CONTENTS

目錄

CHAPTER

01

HONG KONG ISLAND

第一章 | 港島篇

CHAPTER

02

KOW-
LOON

第二章 I 九龍篇

CHAPTER

03

NEW TERRITORIES

第三章 | 新界篇

CHAPTER

01

HONG KONG ISLAND

港島篇

"Perhaps that is the best way to say it: printed books are magical, and real bookshops keep that magic alive."

—Jen Campbell, *The Bookshop Book*

1.1

BOOKS & CO.

一種飽滿書適感

——慢半拍的生活又何妨

午後下起毛毛雨，
腳步緩緩沿著斜坡漫無目的往下走，
沉鬱的天空如吃麵時染上重重霧氣的眼鏡，
看不清隱藏的深度。
在冷得雙手冰凍放在口袋裡
不願再抽出來的季節，
也許應該找個地方坐下來，翻開一本書，
用手掌緊緊包裹著微笑遞來的瓷杯，
感受文字和咖啡的溫熱。

G/F, 10 Park Road,
Mid-Levels, Hong Kong.

01

01. 紅磚外牆，屹立在半山路上，甚具英式格調的小書店。

踱步進入紅磚書屋

徐徐步下半山柏道小斜坡，街道所見人影寥寥，偶有路經者一二，大抵皆為這邊住宅樓宇的居民。鄰近有香港大學，也有所聖士提反女子中學，中午、放學時分，總會碰到穿一襲端莊藍色長衫校服的小女生，三五成群、談笑風生。

沿路摸著牆壁，觸及這面紅磚砌成的外牆，再向前移，然後看見了一扇富歐陸情懷的格子玻璃門，還有另幾面窗戶，框邊均髹上墨綠油漆，高掛起來的黑色鐵皮小招牌寫著「Books & Co.」，一切都很簡潔。

Books & Co. 是家二手書店，要不是其富殖民地色彩的裝潢，行經此地，真不會發現是家書店。它完全融入寧靜的環境之中，看起來，就像小說《84, Charing Cross Road》中提及、位於倫

02

其實每本書好看與否、暢銷與否、新與舊，作者也花了很多精神去寫，每本書都有生命，當他們走在一起時，會有種氛圍，是個很有智慧的環境。

02. 店裡供應餐飲，在這裡閱讀，讓人飽滿。

03. 窗台上也放滿了書本，拿一本上手，閱讀後抬頭，心眼看見另一個新世界。

敦的二手書店 Marks & Co.，日常卻驚世。

店主 James 說這裡是傳統半山區，附近主要是住宅、大學和中學，富文化色彩，平日亦多學生來光顧。

「這裡很自然、混成一體，不會像突然開了家時裝店般突兀，甚至路過也不會發現的書店，就是這區域的一部分。」

書本就是主角

Books & Co. 於二〇〇〇年開業，原名為 Coffee Book。顧名思義，本來以咖啡廳為主打，書本屬配角，店內首批書來自香港大學教授的捐獻，當時書店外圍是橙色油漆、綠色門窗。

James 是附近街坊，一直有來這裡光顧，深深被其靜謐、獨特的氛圍吸引著。得悉咖啡廳快將結

03

業，他非常捨不得，雖然身有正職，卻把心一橫，跟前任老闆洽談，將店舖轉手打理。

二〇〇七年五月，James 正式接手業務，保留開放式的廚房間隔，桌椅的數量減少了，將藏書增多，變成供應咖啡與食物的書店。

書店亦秉承創辦理念，環保不浪費書籍，並且是悠閒、非商業化的，服務附近的社區。他希望這裡是「舒適、平易近人的，有食物、輕音樂，並非學術性。閱讀需要時間消化，你要挑選、要仔細看，不自覺便享受一個下午。」

對啊，站在這裡就像身處歐洲的小街巷弄之中，在寒冷天或下午時分裡躲進書和咖啡的世界，「進來後挑這本書看看、那本書望望，不知不覺就 slow down（慢下來）了。」James 笑著說。

「看書是要慢一點的。現在這個世界資訊太多，智能電話、平板電腦、電視……資訊是不缺

04

的，但真正坐下來去看書、認識智慧的時間較少。這裡讓你可以靜心看印刷書籍。你拿著智能電話用手指翻來翻去，速度很快，甚至只會搜尋重點資料。但書真的要左翻右翻慢慢看。」

每每打開書本，人總能安靜心神，進入到作者描繪的世界裡。閱讀使人忘記平日的紛擾，而書店正好提供思考與啟發的場地。

置身書堆中

喜歡這裡寬闊的樓底、柔和淡黃的光線以及高挑的黑桃木書架，書本或置於櫃子裡，或於陽台上，或就地堆疊成山，還以為走進了別人的書房。

「希望進來的人感覺像被藏書包圍一樣。」James 說道。

書本像人一樣，物以類聚，走在一起就有生命，我只在讀者角度想，能夠輕鬆地找到想要的書，或發掘更多。

05

04. 讀二手書，你永遠無法知道它經歷了多少人手心的溫度，而最後又輾轉落入你手，有種「就是你了」的感覺。

05. 店內播放著悠揚悅耳的音樂，與書為伴。

「其實每本書好看與否、暢銷與否、新與舊，作者也花了很多精神去寫，每本書都有生命，當他們走在一起時，會有種氛圍，是個很有智慧的環境。」

對他來說，書是無處不在的。不論是家居擺設、朋友間生活化的話題、或是功能性的參考書和食譜等，均豐富人的生活。他亦會隨身攜帶讀物，睡覺前或飯前都會閱讀。

自成一格的分類

區內外國住客多，故回收的書籍亦以英文書為主，可全都具一定質素，而隨意逛一圈，也發現有不少當代文學、中國政治書，近門口位置存放許多音樂、電影光碟，價格相宜。

即使工作繁重，每週 James 也定必抽空到

06

06. 店內亦有售二手影碟。

07. 看起來，這裡就像小說《84, Charing Cross Road》中提及、位於倫敦的二手書店 Marks & Co.。

書店，與店員一同整理書架、陳列選書，到外地工作或旅遊，亦不忘搜尋貨源。

對於書籍分類的方法，這裡並不按傳統。旅遊書？抱歉沒有，請看看面前這個書架吧，上面放著所有關於世界各地的書籍（Books about places），譬如是某個地方的歷史和藝術出版；傳記？沒有，只有關於人的書籍（Books about people），甚至是關於書的書籍（Books about books）。

「書本像人一樣，物以類聚，走在一起就有生命，我只在讀者角度想，能夠輕鬆地找到想要的書，或發掘更多。」

讀二手書有趣的是，你永遠無法知道它經歷了多少人手心的溫度，而最後又輾轉落入你手，有種「就是你了」的感覺。這種緣分跟遇上生命中的唯一同樣巧妙。

Penguin Group (USA)
Bryce Courtenay
MARIAN KEYES
the other side of the Story
GONE
Guide to Compact Discs
EASY WAY TO STOP SMOKING
CLIVE CUSSLER
CLIVE CUSSLER

07

08

看見城市好風景

由於屬二手書店，Books & Co. 無法像連鎖或新書店那樣作大型傳銷、大量入貨，可是這裡卻有些非主流或香港其他書店買不到的書籍，例如畫冊、不同版本的印刷本，或是話題獨特的書冊，有些是住在附近的外國朋友拿來，有些則是店主或友伴專程在外地採購。

James 以一本介紹世界各地鬼怪的書為例，這種書比較另類，「平時在香港哪會有人看？」然而他卻買下來放在書店裡。「只得一本，難道要找一個人買也怕沒有嗎？」

就在時針與分針交替流動間，店內客人斷斷續續進來又離開。沉澱思緒，凝望窗外偶爾經過、等待交通工具的行人、嬉笑打罵的學生，感覺這才是生活在一個城市該有的風景。

看書是要慢一點的。
現在這個世界資訊太多，
智能電話、
平板電腦、電視……
資訊是不缺的，
但真正坐下來去看書、
認識智慧的時間較少。
這裡讓你可以靜心看印刷書籍。
你拿著智能電話
用手指翻來翻去，
速度很快，
甚至只會搜尋重點資料。
但書真的要
左翻右翻慢慢看。

08. 高挑的黑桃木書架，就地堆疊成山的書本，希望進來的人感覺像被藏書包圍一樣。

BOOKS & CO.

地址——半山柏道 10 號地下

電話——(852) 2559-5199

營業時間——（週一至日）11:00 - 19:00

主要經營——二手書籍、CD、DVD、餐飲

開業年份——2000 年

Facebook——https://www.facebook.com/BooksAndCo

1.2

FLOW BOOKSTORE
流動的心・情・書多

中環價值以外

——在買賣之間，我們心靈流動……

寫稿之時，正值 Flow 剛從荷李活道遷至擺花街中環大廈後，書店仍處於整理狀態中。
猶記得跟朋友初次探訪 Flow 書店時，逗留十數分鐘後，
店主 Surdham 走過來問：
「你們在找甚麼書嗎？
若需要幫忙便出聲吧。」

Room 204,
Lyndhurst Building,
No. 29 Lyndhurst Terrace,
Central, Hong Kong.

01

01. Surdham的笑容非常有感染力，亦很健談。無論新舊客人，總聊得樂此不疲；他對書籍與閱讀了解甚豐，哪怕任何一本偏門書都可談得上來。

小小森林，讓書本重生的天堂

輕輕一句說話，沒推銷的過分熱情，也並非要把不買書的人統統趕走的態度。

友伴說想找老舊的《伊索寓言》畫冊，店主便真的跑去東翻西翻。

Surdham非常熱情好客。每次到書店，他總是親切的揚揚手打招呼，在都市的冷漠中，我總很珍惜這特別的溫暖。他如此形容自己：

「我是這裡的店小二，也是這裡的守護人。這裡是片小小的森林，希望是書本重生的天堂，一本書其實還有很多可以讓人欣賞的地方。我想邀請大家看看人間風景，透過書本作一個開始，愈看愈廣闊，愈看愈多。」

Flow專門售賣二手英文書籍，密密麻麻排

在買與賣之間，
我們寄之在心，
珍惜內裡的價值。
那價值，在書店而言，
我們希望透過一本書的結緣，
可以讓你的心情重生流動。

02

02. 每天回到書店，Surdham 也會挑一本書，成為 "Flow book of the day"，為它拍照，於網絡上分享。

03. Surham 稱 Flow 是「書多」，主要是向香港的「士多」文化表示敬意，給人一種親和的感覺，而這裡也名副其實是書多。

滿書架空間。接近天花板的牆緣有扇窗，光線穿透玻璃落在成行成列的書脊上，是寧靜與接近自然的美。

遷往擺花街單位後，空間更寬闊，可陳列的書籍更多，還有個房間，供店主及其他創作者舉辦活動。

買賣之間，讓心靈結緣互動

起初辦二手書店，Surdham 說因為不想浪費資源。每本書都是一個故事，應該不斷流通，而這城市值得有更多書店去做這件事（"The city deserves more than one bookshop to do this"）。

「我們有個理念，其中一個我很喜歡的，叫作『買買賣賣之間，我們流動』（"Between buy

03

and sell, we flow"）。在買與賣之間，我們寄之在心，珍惜內裡的價值。那價值，在書店而言，我們希望透過一本書的結緣，可以讓你的心情重生流動。

「心情不好時，看一本令你愉快的書籍；有些問題想不通時，請教高明，去看一本實用的書籍；你不懂得料理，便去買本烹飪書籍吧，烹飪書籍也有良莠。在書店內流動的書籍，我們不會替你挑選，但我們提供。」

由書而生，讓閱讀延伸一種精神交流

猶記得初次到訪，Surdham 正在跟一位年輕男客人聊天。他們談及最近閱讀的書籍，男生說最近對關於生死的書籍產生興趣，Surdham 便講

05

04

04. Surdham 開書店前，曾在非牟利機構從事環保工作，關注綠色生活對社會與人文的影響，故店內一角亦擺放相關書本。

05. 書籍以作者姓名排列，分門別類。

06. 人是 Flow Bookstore 最重要的資產。在店裡，常常可看見店主與客人愉快交流。

起他曾經讀過相關的。類似從書本衍生的對話，自然而然地在這個空間流動。對他而言，這小店並非只是生意，更是豐富自己生活的地方。

「如果每本書是一個想法，那麼在買賣之間，透過書本可產生創造力、生命力和活力。閱讀是起點，穿插我們生活上的想法。當社會上有更多人有這種獨立思考，真正的包容才能存在。」

我被他這種想法深深打動。像他所說，書是一種交流和溝通。如果你跟別人討論書本，你必須先自己看過一遍，有自己的見解，才能跟別人對話，並非人家說甚麼你便點頭答：「是的！我也是這樣想。」

關於閱讀，Surdham 續說：「看書時，就如跟作者對話，其實好的閱讀並非單向的，不似看電視。科學家做過實驗，人在看電視時腦袋是被動的、沒有反饋的，但當你閱讀時，你的腦電波能顯示你是全程也有反應的，無論是刺激的故事或學術評論，都會擴闊自己的視野，待人處事也好，都是正向的。

「社會上說要開放思考，但很微妙地，你問一個人自己的想法或理念，他可能說不上甚麼。只是因為別人說某樣事情好，他便跟著說好。當社會上人們有了獨立思考，便會有真正的回應和參與。」

肚餓吃飯，讓看書成為一個人活著的習慣

走在地鐵站內，耳邊傳來一則廣播，呼籲人們別只顧盯手機，要看路上情況。

「社會迅速地被手機文化控制與佔據，我想我們有必要去留意生活上的一些習慣。站在書店

06

07

的立場，如果大家可以在生活裡調配一下時間，在你看 whatsapp（通訊軟體）、Youtube（網絡短片平台）那麼多資訊時，哪怕抽少少時間，都一定要看看書，就如同你一定要吃飯。很多人說沒時間看書，也有人們說沒時間吃飯，但最後始終要吃東西啊。

「很多時我們在生活中有些小動作，是個儀式，例如看一本實體書，令你停一停，慢下來，專注投入去做一件事。找機會，在地鐵上，停一停，讓眼睛跟實體文字關連起來。我們要重新建立閱讀習慣，是刻不容緩的事情。」

曾經有位朋友，甚少主動買書，原因是書本價格很貴，有些書賣百多二百元，他認為不值得。對此，Surdham 說：「買杯雪糕來吃，可能已花費五十元了，書本的價值怎會止於金錢？這裡做的既是生意，我希望從日常的經營中，賦予

如果每本書是一個想法，
那麼在買賣之間，
透過書本可產生創造力、
生命力和活力。閱讀是起點，
穿插我們生活上的想法。
當社會上有更多人有
這種獨立思考，
真正的包容才能存在。

08

07. Surdham 把一盒客人自己製作的鳳梨酥拿出來，與人分享，融在口中那份溫暖至今未忘。

08. 談起書，店主與客人總有說不完的交流分享。

一種生氣，生生不息的意念，並非只有買賣。希望來的人感受被書包圍的感覺，在書架上找到各種可能性，拿本書回家。

「我常常認為，今天你有緣上來這裡，時間花了，十分鐘、半個鐘，甚至一小時，我們總希望你把某本書帶回家。書本讓人啟發思考，希望人們能保持對閱讀的興致。」

訪問中途，Surdham 拿出一盒鳳梨酥，是朋友的手作禮物，「請你吃一顆，我自己也吃一顆。」一話到一半，他卻突然停頓下來，說自己還是不吃，剩十顆小鳳梨酥，就等待十個幸運兒。

「你嚐嚐，是與別不同的，很直接的味道，沒有加古靈精怪的東西，不需要哄你，這裡也一樣。每日都希望與書本聊天，有很多個晚上，鎖門離開時，都好像有把聲音告訴我：『如果今天可以再多賣一本書，讓這本書再跟多一個人回

一家書店所說的流動，
便是讓這些有意思的故事流動。
一本書可以包含的，
便是這種人情。
如果一盤生意
讓人情味得以延續，
便是有意義、有情的生意，
超越一家商業書店。

09

09. Flow 推出「情心禮券」，讓愛書人可透過 Flow 送書給有需要的人。

10. 每本書都是一個故事，Surdham 希望前來的人都可以在書架上找到各種可能性，帶本書回家。

家，那就更完美。』雖然每天我也很充實，但我的想法是，如何讓生命更加美好，便是讓書本沒那麼寂寞。」

這裡書多，讓人尋找不同的可能性

Surdham 曾幾次為書店更名，從言語上為書店賦予多重意義。

「剛開業時，中文名字沒有書店、書局等字眼，英文也沒有 bookstore 或 bookshop，就這樣稱為『Flow』。直至人們問『Flow』是甚麼，於是『Flow』便改叫做『Flow Bookshop』，中文是『流動風景』，意思就是流動書與樂的風景。」

現在，書店的中文名字則已再改叫作「流動的心・情・書多」。

10

「我們現在不稱作『書局、書店、書齋』，而是『書多』，主要是向香港的『士多』文化表示敬意。『士多』，是親和的小辦館，在便利店未普及之前，總有一間在附近，讓你買汽水、幾粒糖果、福麵……

「『情』字是我們書店一個很重要的字眼。你知道，『士多』（的經營方式）是很直接、一對一的，我們喜歡『士多』親和的感覺，也希望這『書多』是親切的，就像你去到『士多』，老闆記得你，賒數也可以，拿走你需要的東西便好。夜半三更時，想要一些東西，隨時跑到樓下前舖後居的『士多』，叩叩門口，他們就拉開捲閘，即使只是一隻茶匙也會給你。

「我們的存在意義，是希望可以為書本身找到更多的可能性。透過生意，生生不息的意念，從書本開始，讓心情、思考、好的東西在這裡不

11

12

11. Surdham 檢查收回來的書本，確保完好無缺。

12. 檀香能去除舊書本的味道，也有助防止發霉。

13. 放上架的書本，都經過店主悉心的清潔抹拭。

斷流動。我想『流動』的意思是，你一直不間斷，將自己內心、思想中一些不斷流動的意念，將你認為美好的一剎那留低。」

有種書香，讓本子隨有緣人飄去

每日回店，Surdham 都有不同的工作。例如會揀書並為書本拍照，放上社交網站，成為當天的選書（"Flow book of the day"）。

對收回來的圖書，他有一套清潔方法，「我們希望消除書本上來自四方八面的味道，令大家放心去接觸。如果書籍有污跡，會用布抹拭。傳統上用紙箱貯存，我則會將書本放進紅白藍膠袋。我們有個儀式，將書本放入膠袋，燃點檀香，一併放在裡面。有時用其他香氛，都是自然的，

13

不會用香精。所以人們進來時，不覺得有舊書的霉味。而且香港空氣潮濕，檀香有防潮作用。」

生生不息，讓人情味繁榮昌盛

新的空間，新一番景象。搬進擺花街的單位，內裡有個房間，牆壁間隔對經營書業來說是個阻礙，傳統書店的陳設都是物盡其用，地盡其利，善用可以陳設書籍的地方，大概一般經營者都會拆掉房間以擴大整體可用空間，然而 Surdham 並未妥協，「並非所有事情都需要拆毀重來。」他將房間命名「心靈河畔」，希望人們把它當成自己的書房，亦是分享的空間。

「這裡有很多可能性與發展，十七年前開業時，我未必知道，但也是知道的，這是件對的、具熱情的事情。專心致志，一步步走下去，路上往往會見到更開闊的風景，一路走著走著，總能吸引志趣相投的人與你同行。

「有本書叫《Three Cups of Tea》，一個攀山家遇上意外，在阿富汗失足掉下山，有阿富汗人救了他，他學曉一句當地諺語『three cups of tea』——當我們喝第一杯茶，我們是陌生人；當我們喝第二杯茶，我們是朋友；當我們喝第三杯茶，我們是家人。像家人一般親切，所以你會像對待家人般，想把最好的給別人。

「我們這『書多』也一樣，希望將書本裡豐富的、很多美好的東西，與進來的朋友分享。」

聽 Surdham 娓娓道來書店顧客的故事，總令人動容。他說有個女孩，住在香港仔，她的家中有一批書籍，已經存放一年多，一直等待某個時機拿來這裡。種種原因之下，又因身體抱恙，

直至情況好了點，她才從香港仔乘計程車過來，將這批書贈送給 Flow。其中一本烹飪書籍，原價並不便宜，書本狀態亦保存甚佳。她看完這本書，不再需要了，希望 Flow 能代她為書本找個新主人，「這是種信任。」他說道。

Surdham 還分享了一個動人的故事——「二〇一〇年，有位太太有天前來我的店，她想找一本書，是四十五年前的版本。我問她，為甚麼要四十五年前？她回答因為那時是她看這本書的時間。後來跟她一起前來的孫女就在店內一隅找到這本書，而且是一九六〇年的印刷本！」Surdham 把這件事拍攝成數分鐘的簡單訪問，並放在網絡上分享。人與書的緣分，經得起時間考驗，讓人感動不已。

「一家書店所說的流動，便是讓這些有意思的故事流動。一本書可以包含的，便是這種人

情。如果一盤生意讓這種人情味得以延續，便是有意義、有情的生意，超越一家商業書店。」

踏入二〇一六年，Flow 秉其讓書本生生不息流動的理念，聯同夥伴開展了「種夢農友-飄流書公益計劃」，透過捐贈二手循環書本給學校及志願團體，讓知識在流轉的過程中，為孩子創造更多自在的閱讀喜悅，擴闊視野胸襟，培養愈趨成熟的獨立思考能力。而 Flow 本身也正慢慢徹頭換面，捐去了的書本正好騰出更多空間，以造就店內咖啡、書本與藝文的結合，未來給讀者帶來新的閱讀經驗。

FLOW BOOKSTORE | 流動的心．情．書多

人與書緣，情牽半世紀

地址——中環擺花街 29 號中環大廈 204 室

電話——(852) 2964-9483 | (852) 9278-5664

營業時間——（週一至日）12:00 - 19:00

主要經營——二手英文書籍、CD、DVD

開業年份——1998 年

Facebook——https://www.facebook.com/flowbooksnet

1.3

ART AND CULTURAL OUTREACH
艺鵠

循環永續再生文化空間
——彌補城市的知性乾旱

街外，軒尼詩道車水馬龍。玻璃窗內，正在播放空靈音樂，是另一番光景。

「希望到訪的人坐下來，看看書，消磨一個下午。其實這裡室內和室外的氣氛反差很大，外面是繁忙的軒尼詩道，進來這裡是另一個空間。希望來的人碰上喜歡的書，可以坐下來慢慢閱讀，或是遇到其他人一起聊天，所以我們保留很大的空間讓人休息。」「艺鵠」經理 Kobe 說。

14/F, Foo Tak Building,
365-367 Hennessy Road,
Wanchai, Hong Kong.

01

書的引力會呼喚
屬於它的主人，
書並非死物，
而是有靈性，
會聚集想法相似的人
來到同一場所。

01. 艺鵠位於富德樓十四樓 。

踏上縱向藝術村

艺鵠紮根於灣仔富德樓，這幢樓宇非常有意思——業主願意以廉價出租，讓本地藝術家棲息落戶，將富德樓變成具特色的縱向藝術村落。

「鵠」是個古字，根據《說文解字．鳥部》所寫：「鵠，鴻鵠也。從鳥，告聲。胡沃切。」牠的體形似雁而較大，頸長，腳短。行走不便，但在水中能迅速划行，姿態優雅。能高飛，且鳴聲洪亮，俗稱為「天鵝」。

「挑簡體『艺』字，因為其形像天鵝般，很特別和優美，所以一路沿用至此。」Kobe 解釋店名字的由來。

02

延續城市的曙光

艺鵠，其實也是英文名字簡寫 ACO 的音譯，全寫是 Art and Cultural Outreach，有將藝術文化推廣之意，其實 ACO 本來並非一家書店，這裡之所以成為了書店，背後有一個故事——

話說八、九十年代，有兩家頗具名氣的樓上書店曙光圖書與青文書屋，均是愛書人趨之若騖的獨立書店，但先後因營業額不足、店主遇上意外而相繼結業。

由文化工作者馬國明先生主理的曙光圖書，八十年代開始以在香港推介最新、高質素的文史哲英語書籍為使命。可惜二〇〇四年，曙光終因經濟拮据、店主身體不適，難以繼續營運，故合併入青文書屋，但留下了一大批英文書籍無處容身。

每個人和書的故事也不一樣。
有趣的是，你處於人生中甚麼狀態，
便讀到甚麼書，
而且你現在和以後看同一本書，
經驗都不會相同。
書和人會產生有趣的互動。

03

02. 03. 藝術家和義工們花了兩個月，回收紅酒箱、卡板，憑藉再生設計的理念製造成了書架與其他家具。

註 據資料，青文書屋於上世紀七十年代開業，1998 年起由羅志華先生接手經營。2004 年，專售英語學術書籍的馬國明先生因中風而將其曙光圖書併入青文書屋。2008 年 2 月 4 日卻傳來噩耗，羅志華先生懷疑在書倉整理堆積如山的書籍時，被多箱塌下來的書籍活埋，因失救而死。

艺鵠創辦人、獨立藝術家馮美華小姐（May Fung）一直熱愛香港的樓上書店文化，有感書籍就此丟棄而非常惋惜，便向馬先生接手這批書，不希望曙光經營的閱讀文化一下子失傳。

「當時買下這批書，純粹感到可惜，並沒有想過要另開書店，書就放在牛棚藝術村。」May 說合共四、五箱約值二、三十萬的書本，她以象徵式的三萬塊買下。註

幸有文化產業擁護者

那麼 ACO 這個文化空間是如何形成的？

早於二〇〇二至二〇〇三年間，富德樓業主開始支援藝術家進駐，請了 May 遙控幫忙，尋找藝術家駐紮。直到二〇〇八年，一樓有個五百呎的空置單位，她便情商業主借來作辦公及賣書

04

04. 白天，光線從窗戶滲透進來，人們可以舒適地倚窗閱讀。

05. 艺鵠的貓店長 BuBu。

之用，業主只象徵性收取一元租金，於是便成立了艺鵠。

廉價的書籍轉讓與單位租金，皆象徵著本地書本與文化產業擁護者的惺惺相惜，知識分子對社會不遺餘力的奉獻，試問在金錢掛勾的商場中，怎會發生如此好事？

正是各種機緣之下，造就了艺鵠這個同樣具社會良心的閱讀空間。

與主流逆行的閱讀推廣

開業至今，艺鵠的面貌內涵人事，亦有多番新氣象。從裝修、間隔改動，以至由一樓搬遷至十四樓，不斷衝擊故我。然而選書路向，主要秉承曙光的精神，按以往分類如心理學、哲學、人文、文化論述、翻譯文學（如南非、歐洲）等，

05

藏書都是質素精良的優質英文讀物，少在主流書店找到，亦有迎合當代文化思潮的，令新舊顧客都能找到想要的書。

「賺錢並非我們關注的，你知道，讀者不多，市場也不大，不然曙光怎會做不下去？」不過少了租金壓力，May說：「我們主要是推廣閱讀。」

書店不能只靠賣曙光遺留下來的一批書，開業後數年，主要由較為年輕的Kobe選書，逐漸建立出艺鵲文藝知性的氣息。

「書店後來新入的書籍範疇很廣，但盡量避開如工具書、流行小說等坊間充斥氾濫的，盡量挑這城市缺乏的書本。也有難在市面找到的漫畫、藝術書冊，不一定給人印象是艱澀、學術性的、一輩子也不會碰的。你可在這裡找到坊間找不到的好書。」Kobe說。

在富德樓一樓時，店內有個角落放旅遊書，

07

06

06. 07. 閱讀視野應該是廣闊的，在這裡你可以讀到主流書店難以找到的華文作品、英語書冊。

當中會有關於城市規劃、城市故事的，以人文角度看城市，在傳統的分類規範上有個小突破。

可持續發展的實驗空間

遷往高樓層單位後，地方更寬闊，艺鵲自覺肩負的使命亦更宏大，故將「可持續發展」的概念植根空間，於是邀請了本土藝術家和義工，收集廢棄木材，改裝成書架、長櫈、貯物椅，甚至是天台的花盆和晾衣架等，將人們視為廢物的材料轉化成可循環再用的家具，發揮正能量。

知道了店內陳設的來歷，再置身店中感受一下，書香配合原木的樸素質感與色調，非常合適。

除了裝潢，艺鵲亦開闢了富德樓天台的空間，在那裡種植香草，因此店裡用以沏茶、烹調

香港是個資本主義的極致，書就是象徵，坊間大部分都是工具書，與心靈發展全沒關係，流於表面，譬如說我們有很多致富方法，知道了，但致富是為了甚麼？這種比較知性、以哲學角度思考財富的想法，在這城市內不會被重視，很多人只想要達到最表面那層，即是賺錢。

的飲食材料，皆是自家種植。

艺鵠有位全面策劃永續食事藝術的同事，他從地盤找來泥土，再以廚餘施肥，加上悉心栽種，育養出香氣滿溢的小草。不禁令人思索，生活是否需要不斷消費？

生活一切，從雙手出發，似乎是消費型社會訕笑的舉動，「我知道世界好灰，但我們會繼續努力。正如這裡不斷改變，我們在努力，例如香港人現在很少看英文書，於是一個月前，我跑去台灣周圍探訪獨立小書店、出版人，購買另類書本，現在你可以找到台灣獨立出版的中文書，概念相同，但語言是中文。

「很多人在做的，我們不做；無甚麼人留意的，反而我們會讓人知道。我們想辦法令多點人上來，即使不買，也來看書。」

香港是怎樣的一個書櫃？

所謂「書中自有黃金屋」，究竟閱讀價值何在，令一群書店業同工不辭勞苦、銳意推廣？

「看實用書，應付生活不同層次，人類是 pleasure-based（以享樂為先），生活需要快感。但有時，會想深層次了解生命，有些厲害的人（作家），透過文學、哲學、心理學角度，探討人性裡面複雜、知性的東西。如果你喜歡看書，會很詫異別人的創造力。同時看書可以令你有智慧與知性上的提昇，倒很難言喻。例如《百年孤寂》講幾代人對社會現象的反思，橋段很日常，

08. 置身艺鵲，整個再生循環的陳設與裝潢，讓人感覺像是融入了大自然之中，書本就是花草樹木，大家可以待在這個充滿陽光的樹林裡，讀讀書、聊聊天。

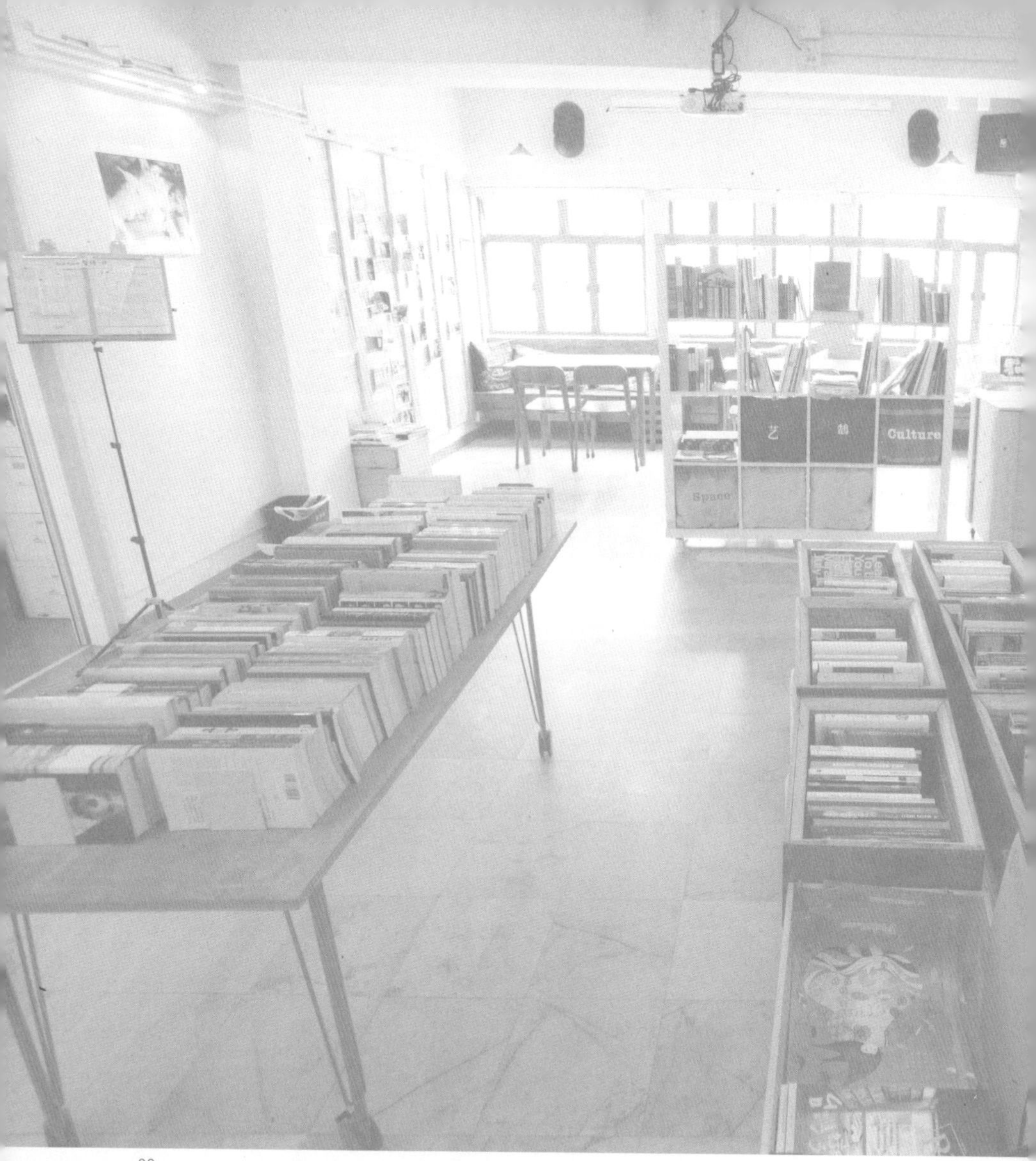

08

卻很特別，文字演繹剖析一種知性衝擊。

「如果你參觀朋友的家，書櫃就是那個家的靈魂，反映主人的性格，而每個書櫃的性格也很不同。書對我來說，是很重要的老師，塑造我的性格和待人處事的態度。每個人和書的故事也不一樣。有趣的是，你處於人生中甚麼狀態，便讀到甚麼書，而且你現在和以後看同一本書，經驗都不會相同。書和人會產生有趣的互動。」Kobe 說。

「那麼香港對你來說，是怎樣的一個書櫃呢？」

「香港是個資本主義的極致，書就是象徵，坊間大部分都是工具書，與心靈發展全沒關係，流於表面，譬如說我們有很多致富方法，知道了，但致富是為了甚麼？這種比較知性、以哲學角度思考財富的想法，在這城市內不會被重視，很多人只想要達到最表面那層，即是賺錢，我覺得，背後原因是這城市無法給人們信心，讓大家覺得賺錢才是最重要的。」

一矢中的。在香港，所有事情均計算成本效益。值錢的東西，才算有價值的東西。

幸而，在這方面，小書店還可以做一點點的去彌補城市的知性乾旱。如 Kobe 說：「我希望城市內有多點講另類生活的書，例如 DIY，艺鵲也有售賣關於可持續生活的書，例如怎樣在窗台種植。這些是催化劑，讓人們從欠缺安全感、資本主義的城市束縛中，得到解放，覺得原來很多事情其實不需要靠政府解決，可以 step out of the box。」

除了拚命賺錢和消費……

May 又表示：「社會上，消費主義很強，每

09

09. 艺鵠希望小書店可以做一點點的去彌補城市的知性乾旱。

個人都想著賺錢，譬如說，買間屋，添置傢俬，有了二十多吋的電視機，還不夠想要plasma，都是物質的需要，卻不尋找精神需要。你想想，一個人要賺錢，便拚命工作，放假大吃一頓，倒頭大睡。卻因為工作往往不如理想，並非自己所喜歡的，於是下班便不斷玩遊戲機，只求不用腦袋思考。

「之前曾在政府機構工作，同事均為飽讀詩書，甚至是已有兩個學位的管理層，我介紹其中一位同事看楊德昌的電影，答覆竟是：『不必了，要用腦袋思考，放工就不要了吧。』就是這樣，大吃大喝、亂說一通，不追求思想上的革新。」

不禁讓人想起，歷代中國皇朝，腐敗仕官高薪俸祿，卻縱情享樂、斛籌交錯，不顧民生大事。《茶花女》中名妓與上流社會顯赫男性亦夜夜笙歌，任憑外面風雨飄搖，只求自己度過良辰春宵。

May談起自己的中學時代，家住柴灣，經常於週日乘巴士到香港大會堂的圖書館看書。對她而言，當時這是很寶貴、很開心的事情，是種ritual（儀式）。她說六、七十年代，人們生活簡單拚搏，有奮鬥的心，覺得讀書是重要的。現在即使在大學裡，別說教授要求大學生看甚麼學術書籍了，只希望他們會看筆記、讀某幾個章節。

「你看這世界，生態破壞、空氣污染、人類不斷製造罪惡。我已經六十二歲了，從事藝術工作四十多年。自小看報紙，戰爭、仇殺未停止過。你說這世界不是很糟糕嗎？但是，如果你覺得世界很不濟，看到一些文字時，會有頓悟，用另一角度看人生，承認周圍事物很糟糕，但仍很積極面對愈來愈糟糕的世界，這亦是社會文明一種。

我們從事藝術文化工作的人，都相信著這點。

「我覺得所有事情都講緣分、靈性，書也不例外，所以你進一家獨立書店，會感覺到某種氣氛存在，並非指店內裝修，而是一種氣質。書本營造了獨立書店的性格，而書店往往是店主性格的延伸。好像話題愈扯愈遠（笑），我想說的故事是，這裡有很多人捐書，有次某位定期上來的客人挑了二手中文書，當時我把部分未標價的中文書就這樣放在桌上，他看到了便兩眼發光，說『這本我找了好久，終於在你這裡找到了！』」Kobe說。

「書的引力會呼喚屬於它的主人，書並非死物，而是有靈性，會聚集想法相似的人來到同一場所。」

他們認為，一個空間只賣書有點可惜，故希望艺鵠是開放式的，所以開業以來時常籌辦各類文創活動，例如音樂會、展覽、電影放映會、記者招待會、讀書會等，跟書本有關係或沒關係的，只要是與公民社會有意思的，他們也樂意提供場地協助。所以艺鵲既是書店，亦非書店。在這個空間內，一切都有可能發生。

置身在和煦的陽光中

「你會怎麼形容艺鵲？」

沉默半晌，「像是樹林，書是花草樹木，人們在內得到喜悅，即使看悲劇小說，也有delight（愉悅），這種愉悅是，有人寫這麼出色的東西，大家可以在這裡聊天、分享，是個充滿陽光的樹林。」May笑著回答。

「希望人們愛文字，重新與文字發生愛情。」

艺鵲 | **ART AND CULTURAL OUTREACH**

地址——灣仔軒尼詩道365-367號富德樓14樓

電話——(852) 2893-4808

營業時間——（週二至日）11:00 - 20:00

主要經營——藝術、閱讀、手作、永續、空間

開業年份——2008年

Facebook——https://www.facebook.com/ArtandCultureOutreach

1.4

SAM KEE BOOK CO.

森記圖書公司

老街書店四十不惑

——在書森林中找到快樂的睿智

來到香港島，
一直很喜歡沿著電車路，
逛北角、天后和炮台山
幾個香港老舊區域。
沒有銅鑼灣的名貴精緻，
或者中環的上進野心；
在北角一隅，
靜靜藏著一家數十年歷史的書店——
森記圖書公司。

No. 19 Basement,
King's Centre,
193-203, King's Road,
North Point, Hong Kong.

01

01. 大街上人潮不絕，走入商場地庫，卻見書香光景。

隱身地庫的藏書閣

傳統舊書局的裝潢，門前放著綠油油的植物，牆上貼有各書封面圖及店主經年留存下來的剪報。書店面積不算大，中間以書牆分隔左右兩部分。

森記位於地庫商場內的鋪位，怎麼想人流都不如連鎖書店那般佔優，可在筆者到訪的短短一小時間，不斷有顧客進來，而且和店主有說有笑，關係熟稔。

當年那個走進圖書森林的女生

起初於 Google 搜尋「北角森記圖書」這六個字，從搜尋結果粗略知道店主收養了多隻流浪貓，並被媒體稱之為「貓書店」。然而愛貓的人

02

都知道，貓咪有自己的脾性，不好隨意打擾，正如你不會在街上隨便逗人說話。

是以在這裡想分享說說的，主要是現任店主陳璇的故事，因為獨立書店往往反映著經營者的性格，從環境、選書、客人關係等一切，書店可說是店主的延伸。

一九七八年開始在森記工作，一個年少氣盛的小女生，正值大學時代青春年華，卻熱愛埋首書海中。

「人工不高並不重要，倒是能看這麼多的書，是賺到了。」她說。

由於創辦人舉家移民，陳璇在一九八五年接手經營書店。當書店員工對於她來說並不困難，可是變成了老闆這身分，她要兼顧的事情驟然多起來。經營書店她形容就像是要花養大一個孩子的心力，她沒特別細想自己能否堅持下去，只是

讀書是為了提升智慧，
書本就是通向智慧之路。
每看一本書，
像打開一個鎖、一道房門。
覺得適合或特別的，可進去看；
不適合的大可關掉房門，
進別的去看，選擇多得很。

03

02. 藏身地庫中的老牌書店。

03. 書店外牆上貼有各書封面圖及店主經年留存下來的剪報。

不斷想做，便努力做到更好。

書本教會我們有關失與得的事

有次十號風球，陳璇不在店裡，同事突然打電話給她說：「阿璇，水浸呀，快點過來！」因為森記身處地庫的一層是沒有去水渠的，若然水浸起來，事情可以相當嚴重，店舖可能會沒頂！

「我一落樓立即衝，也不乘車，一路只顧問自己為甚麼如此不走運？」憶述起往事，仍猶有餘悸。

「風球走了，我見有些人在咬麵包、有些人在等巴士，大家臉上都安然無恙，為甚麼就只獨我一個面色土青，心像掉到地上似的？人人都沒出事，為甚麼就我一個如此倒霉？」

「我問自己怕甚麼？其實是怕失去那些書本和多年來擁有的東西。再問自己，當初來這個世界時不也是甚麼都沒有嗎？又怕甚麼呢？現在還算有經驗、人脈、保險等等，然後我忙著去想怎樣解決事情，便沒時間想起負面情緒了。」正因失去，人生才有得著。

「情緒影響自己，沒辦法做任何事，也解決不了問題。」跌倒了，要振作起來。

「不開心就像鎖鏈，一環扣一環，問題愈來愈多，煩惱愈來愈大。我們倒應反省，同一個問題，為甚麼昨天反應如此強烈，今天卻事過境遷，一切煙消雲散。向內心找答案，其實是人的自私，由於『我』失去了一些東西，所以『我』難過。」

開啟人生智慧的一把鑰匙

有這些想法，全靠看書體會得來。陳璇說，看書並非消磨時間。讀書是為了提升智慧，書本就是通向智慧之路。每看一本書，像打開一個鎖、一道房門。覺得適合或特別的，可進去看；不適合的大可關掉房門，進別的去看，選擇多得很。

看書時，可梳理自己的思想。自己看事情可能會有盲點，然而若某本書內有句說話、有些道理將自己的盲點打破，那種喜悅無法言喻。她形容，從書本看到的智慧令自己看透很多事情。

放眼望去，書本堆疊如山，無論是漫畫抑或學術研究書籍，都可找到。

「我會留意這個書架上的書多久沒動過、那個書架又怎樣……，但掙扎的是，到底要賣流行

04

06

05

04. 05. 06. 店主收養了不少流浪貓，但表明這裡並非寵物店，希望愛貓的人不要前來打擾牠們生活。

07

09

08

07. 08. 09. 店內藏書豐富，且流轉速度甚快。

10. 店內窄長的通道，只能容納兩人並肩站立，兩邊盡是被書本包圍著。

10

書，抑或那些質素良好但很少人買的書？一路走來都還在學習如何平衡。自己理想中當然是放些有靈魂的書，雖然可能很久沒人買，但我不管！只要有一個人買，我也很高興（當然要交租時便不可以這樣想）。」

大概會經營小店的人都抱著這種傻勁吧，只要有一個人欣賞，看著那人快樂和滿足地離去便感欣慰。

別人或會認為店內選書較雜亂，這當然是對生意經營不利，但陳璇卻另有一番見解：「如果有十本書，我希望別人有十個選擇，例如科學、知性，最好有多些供參考怎樣看一件事情的書籍。你怎樣看待一件事，全靠多看幾本書。」道出書店主人單純質樸的經營理念。

看書時，可梳理自己的思想。自己看事情可能會有盲點，然而若某本書內有句說話、有些道理將自己的盲點打破，那種喜悅無法言喻。她形容，從書本看到的智慧令自己看透很多事情。

11

11. 12. 亂中有序，簡明清晰的分類牌。

活在森林度過快樂的每一天

你可能會以為，當書店主人很容易，坐在店內悠閒看書自是一天。然而，訪問當天約晚上八時半開始，店主仍忙著整理店面、為植物澆水、向員工交帶送書工作、安排訂書等大小事務。問她吃過飯了沒有？她淡淡地回答：「差不多十點才吃吧，晚上才是書店管理工作的開始，白天都忙著招呼客人呢。我平常都是凌晨三、四時才睡的。」

看見別人快樂，陳璇也由衷地感到快樂。森記圖書，便是這樣一家書店。

12

森記圖書公司 SAM KEE BOOK CO.

地址——北角英皇道193號英皇中心地庫19號

電話——(852) 2578-5956

營業時間——（週一至六）12:30 - 22:00、（週日）14:30 - 22:00

主要經營——中英文書籍、CD、DVD、漫畫

開業年份——1978年

CHAPTER

02 KOW-LOON

九龍篇

"Don't patronize the chain bookstores. Every time I see some author scheduled to read and sign his books at a chain bookstore, I feel like telling him he's stabbing the independent bookstores in the back."

—Lawrence Ferlinghetti

2.1

SUN AH BOOK CENTRE
新亞書店

淘歷史、知文化——用舊書感受城市文明的溫度

一個黃昏，收到新亞書店蘇賡哲先生的電話，說是看見之前的來信邀約訪問，非常樂意受訪，語調溫和愉悅，聲音裡滲透著滿滿一股暖流，就像跟熟悉又親切的長輩聊天。

16/F, Room 1606,
Good Hope Building,
5-19 Sai Yeung Choi Street South,
Mong Kok, Kowloon,
Hong Kong.

七十年代，
中國發生文化大革命，
內地的書籍全面被禁制，
不能再出版、外銷，
民間許多書籍亦遭銷毀，
全世界研究中國問題的學者，
要買關於中國的書本，
便要來香港或台灣，
所以當時舊書業非常蓬勃。

01

01. 新亞書店回收了不少裝訂古老、歷史悠久的書籍。

陌生人的親切感

這年頭，每每與陌生人聊天，心裡總戰戰兢兢。比方說邀約訪問，試過剛說明來意，對方就板起臉，即便回覆接受訪問，所有事情節奏都必須明快簡潔，而我卻慢性子、話語冗長，總渴望交流時對方臉上會綻開小小一朵微笑。

平日街上亦往往缺少這麼一份親和力。逛街，曾見路人攜重物需要幫助，經過者無一理會，為甚麼不願意停下來伸出援手？舉手之勞何樂而不為？

蘇先生的親切，為我帶來久違的感動。

古書店的小歷史

說來愧疚，頭一回踏足新亞書店，竟是訪

02

問之時。吾生也晚，對於香港的舊書業只略聞一二，鮮有動機踏進古書店。

新亞書店，一九六八年開業，原址旺角洗衣街，從地下搬遷至高層單位多次，愈搬愈高，後遷到現址旺角好望角大廈，該樓宇為香港教育專業人員協會會址，經常有教師出入（至於是否常客，則不得而知）。

六十年代蘇先生入行時，香港有很多舊書店，當時舊書店分兩種，一為門市，另為閉門營業，只做舊書外銷生意，大大小小合共超過二百間。

七十年代，中國發生文化大革命，內地的書籍全面被禁制，不能再出版、外銷，民間許多書籍亦遭銷毀，全世界研究中國問題的學者，要買關於中國的書本，便要來香港或台灣，所以當時舊書業非常蓬勃。

假若追溯三十年代，會買書的人多數是買舊書，魯迅也偏看古人寫的書啊。舊書店與新書店不同，售賣由盤古開天地留存到現在的書，品種比新書店更多，是兩種不同的行業。

03

02. 舊書店售賣的書種，其實比新書店更多。

03. 店主蘇賡哲先生身後的書法，是司徒華先生親筆提寫的。

後來，革命過了，中國學術界回復新書的印刷及出版，舊書貨源愈來愈少。「到現在古書店幾乎只剩下我們一家。」蘇先生說。

淘古書的心頭癮

我問了個很愚蠢的問題：「那麼八十年代呢？當時大學閱讀風氣茂盛也自由，讀書會、學術研究，遍地開花，看舊書的人多嗎？」

蘇先生稍頓，嘴角微微揚起，笑道：「假若追溯三十年代，會買書的人多數是買舊書，魯迅也偏看古人寫的書啊。舊書店與新書店不同，售賣由盤古開天地留存到現在的書，品種比新書店更多，是兩種不同的行業。」

殊不知，古書業繁榮，街道書店櫛次鱗比，並不代表閱讀風氣旺盛。

「很多舊書店客人並非有目的地找書，而是有廣泛興趣，當然他們有指定範圍，例如想買古典文學書，來到書店，見到合適的便買下。

「逛舊書店，跟女性去百貨公司買時裝的心理一樣，作為生活中的節目，並非刻意要買某件衣服。總之走著、找著、試著，便是娛樂，買下那件衣服，用途是甚麼並不重要。很多女性買了整屋子的衣衫，往往只穿其中幾件，就是這種心理。很多來舊書店的人都一樣，買了整屋子的書，其實都沒看過，一百本入面只看一本，我們再去買他的書，連膠袋也沒有拆開。」

「那買書只為裝飾家居麼？」

「裝飾他的心理吧，自己擁有很多書，其實最大樂趣並非家裡放那麼多書，而是逛書店的感覺，到付錢買書的時候，這場戲便完結。」

收藏家的囊中物

舊書好比古董，是故淘書的人，都稱為收藏家，而非讀書人。古書的價值，往往會給反映在當下買賣雙方協定的價錢上，「舊書價值與內容的價值並無直接關係，只是一種心頭好、心癮吧。」

「是投機心態嗎？」

「絕對是。有些書升值快，例如董橋在二〇〇三年出版的《小風景》，初版外形呈四四方方，當時定價大概是一百元一本，事隔十多年，該批初版書現在要千多元一本，這書陸續有新版印刷，內容一模一樣，只是裝訂、封面等不同。

「不過，初版書對真正愛閱讀的讀者來說未必好，再版往往有增訂、內容補充，但對書籍收

有人說過，一個城市的文明程度，不是看硬件建築，而是看有沒有舊書店。

04

04. 名作家沈從文先生贈予新亞書店的題筆。

藏家來說便最好。例如金庸小說，以前薄薄一本的，當然最值錢；後來由明河社於一九七八年出版的首版金庸小說，價值也是比後來印刷的高出幾十倍。」

06

05

05. 新亞書店另設拍賣中心，約三至四個月舉行一次珍本拍賣。

06. 新亞書店位於洗衣街的舊址。

07. 新亞書店現址的招牌。

與文字的一段緣

蘇先生一生與文字結緣，於珠海書院文學歷史系畢業後便開了書店，一段日子後，再度回歸珠海書院研究所，留在學校教書。一九九二年到加拿大生活，同時亦寫報紙專欄、擔任電台播音員。

「你喜歡看書嗎？」

沒有得到預料中的熱切書癡回覆，蘇先生淡淡然的說：「因工作需要，實際上要看很多書。教書是有關隋唐以後文學史，也看時事、人文科學、社會性的，為加拿大的報紙寫專欄，每日寫，三十多年了。」

筆者驚訝，心裡慨嘆想起自己小時決心每天寫日記，結果不了了之，「你也非常有恆心啊！」

「其實是種責任感，好多人沒有機會發聲，

07

自己有機會，為甚麼不發聲？」

泰然自若的對話，閱讀彷若已是生命中內化了的一部分，是最自然不過的事。

他說當然享受看書，因為自己的好奇心很重，而書本蘊含無窮無盡的知識與想法。

「我可能是全世界看最多書的人吧，甚麼時候都看書，甚至一邊刷牙一邊看書。」

語畢一片歡聲笑語，他性格中帶著幽默，即使初次見面，言談間非常輕鬆愉快，令我放下心頭大石。

販舊物的經營路

早在唸書的時候，蘇先生已閱讀不少書本，熟悉行業行情。曾於寫字樓打工，薪資很少，躍躍欲試開書店。有老行尊（行業中有多年經驗的老前輩）經過，見他坐著在賣書，便搖頭嘆息說道：「這麼年青在賣舊書，多浪費啊，年青人應該有其他作為。」

他說，若以老一輩的方法營運書店，便是每日開鋪，等待別人拿書來賣，回收舊書後便放上架，等有人要買便買下，這當然非常簡單。

然而大材怎能小用？他自覺可有一套做法。

當時只他一個人顧店，但他每天均會全港九逛一遍，主動尋找貨源。他亦認識崇基學院前院長沈宣仁博士，通過他找到美國的基金會，向他購書，再轉送給中國大陸，那筆交易營業額巨大。當時文革結束，中國大陸較開放，需要書本流入，卻缺乏金錢，故接受外界送書。

除此之外，他於台北擺過書攤，也於加拿大多倫多開辦懷鄉書房，在新亞書店又辦過拍賣會，業務多樣化。

「任何行業，可以墨守成規，別人怎麼做便照做，也可以自己想辦法。」

香港地的黃金價

他曾經與已故政治家司徒華先生合辦新書店，於一九七六年買下旺角西洋菜南街銀城廣場單位，直至一九八〇年書店關門、物業轉手。二百萬買下的空間，四百萬賣出，現在價值二億六千萬，由此見證著此區樓價經年來的暴漲。

「買賣物業也是種方式，不是坐在這裡，光是等人拿書來，總之要想辦法，讓書店經營下去。」

談起旺角單位的租金與商舖面貌變遷，便好奇問道：「那麼從前的旺角街道多是甚麼

08

08. 前來新亞書店的大多都是老主顧。

店舖？」

蘇先生沒直接回答，反而從洗衣街說起。新亞書店原址為洗衣街地下舖位，賣出時值二百多萬，到書店搬來現址時，市建局買下該單位，價格已接近一億。

然而，「五十年代初期，樓下單位平過樓上，你知道為甚麼嗎？」

筆者胡亂想出幾個原因，都不對。

「當時全幢樓宇單位都是住宅。地下單位有很多缺點，諸如潮濕、雨天水浸、嘈雜，故人們寧可住樓上，地下單位租金相對便宜。」

竟然如此，現在旺角街舖可昂貴了，也變成連鎖企業的兵家必爭之地。

「有人打電話來找我，不知道怎麼來，說自己站在周大福金行門口，我回答，你就別說周大福吧，整條街數十間周大福，怎知道你在哪一間？那人又說，我見到百老匯電器店，我說也不行啊，太多了，你找間（規模）較細的店舖名字，豈料也找不到。以前這裡有家銀龍餐廳，現在也搬到樓上了。我說，那不如你講樓上的店舖名字，一味講連鎖店也沒用啊。」

現實中的苦與樂

聽過一些傳承百年祖業的前輩，他們到外地升學、居住，那麼六十年代海外留學風行嗎？

「當時去外國是很艱難的，主要是沒錢，當時的人普遍收入微薄，我還記得，一九七六年書店聘請店員，月薪不過六百元。當時很多人嚮往開書店，大勢所趨，但你知道，賣書這行，沒甚麼前途，甚至有很多人想法浪漫，打算畢業後開家書店，有茶、咖啡喝，有點心吃，聚集大班文人聊天，其實不切實際。」

來新亞書店的人大多都是熟客，「就算搬到地下單位，幾十萬租金，也只有這班客人。那些在街上逛的人，不會看這些書，別說付錢買了，即使你捧一疊書，每人送一本，他們經過垃圾桶都會隨手丟掉。

「有個藏書家，寫了本書，內容是書評，叫做《書畫冊》，移民時家裡還有五十本，打電話叫書店行家收走。行家走到半路，覺得書太重，丟了一半在路上，豈料後來賣千多元一本！書籍的價值，很多人都不知道。」他說，舊書業面對的最大問題並非人客多少，反而是貨源，大部分二手買賣行業也有這個問題。

話雖這麼說，對蘇先生而言，「經營書店有它的樂趣，每天醒來，不知道會收到甚麼書，有未知數，比較沒那麼規律。」

有舊書的文化港

據蘇先生所述，上環最後一間舊書店，是在電影《胭脂扣》裡也出現過的康記舊書，而後來出現的書攤書店，都只賣仿古董，即大陸工藝品。

城市內，假若很多人喜歡買舊書，可想而知文化氣息較濃厚，像日本東京神田區，古書店遍布整區。

「從前於香港，中上環、半山區這類早期發展的地方，有很多舊書店，並非那裡的人較富有，而是那邊的文化累積較深厚，你在新興的工業區便難找到。」

有人說過，一個城市的文明程度，不是看硬件建築，而是看有沒有舊書店。縱然已幾近絕跡，慶幸我城還有相信書本有價的店東在默默經營，把守城市的文明溫度。

新亞書店 | SUN AH BOOK CENTRE

地址——旺角西洋菜街南 5 號好望角大廈 1606 室
電話——(852) 2395-1022
營業時間——（週一至日）12:00 - 20:00
主要經營——古籍善本、二手中文書籍、珍本拍賣
開業年份——1968 年
Facebook——https://www.facebook.com/sunahbookcentre

2.2

PLUM CULTIVATOR
梅馨書舍

舊室不陋
——就看你如何看人生

梅馨，意謂梅花香氣飄溢遠方，
梅亦為耐寒植物，韌性甚強。
經營書店者，正巧具此風骨，
執意將知識傳播大地。
身處煩囂的西洋菜南街，
步入臨街一幢唐樓，
嘎吱嘎吱的升降機往六樓上爬，甫開門，
便看見刻上店名——
「梅馨書舍」的書法牌匾，
心神立刻安寧下來。

7/F,
66 Sai Yeung Choi
Street South,
Mong Kok, Kowloon,
Hong Kong.

01

01. 店內的裝潢擺設具書卷氣息，與旺角吵鬧的行人道氣氛大相逕庭。

斯是陋室

店名令人想起唐代詩人劉禹錫所寫的《陋室銘》，其中一句：「斯是陋室，惟吾德馨。」雖然是簡陋的居室，棲身者高尚的品德仍能遠近馳名。縱是四面牆壁，空空如也，只要心懷抱負的人，也像孔子所說：「何陋之有？」何況，梅馨書舍絕非陋室。

書舍內，檐間懸掛著不少書法寫作，各體兼備，前台有幅對聯，為店主鄭廣文先生的親筆。小櫃內，高高低低排列各式瓷器、青花瓶、撇口碗。台側，是一系列毛筆、中國扇。店內用的是實木書架，份外紮實。

他在日本旅行時，
會觀察人們的閱讀風氣、
看書人群的年紀、
二手書店的裝潢陳設等等，
發現那裡很多人
看文學書、小說。
站在地下鐵車廂內，
起碼會見到五、六個人看書，
年輕女孩會把書本放在手袋中。
在拉麵店用餐時，
旁邊衝進來一個男生，
穿著西裝、拿公文袋，
他吃壽司、喝啤酒，
邊拿著偵探小說看。

02. 整套狀況良好、甚具收藏價值的《巴金全集》。

賣書者言

人們走進書店內，往往會看到鄭先生埋首前檯，氣定神閒地按著電腦滑鼠。而如果你主動釋放善意，向他拋出一個友善的笑容，情感豐富的他絕對會給你親切的點頭笑意。

觀其自介，專售中、港、台圖書珍籍、字畫、篆刻，涉獵賀聯代撰、圍棋與書法指導，不禁猜想，店主鄭廣文先生定必是位徹頭徹尾的書生。

豈料，閱其自白及報道訪問，始了解開店背景——鄭先生原為賣鞋的生意人。

他寫道：「旅途排遣寂寥，最好的方法還是看書。我那時愛背一個大大的綠色帆布背囊，裡面放幾本書，和一二雙樣品鞋。一到新地方，先買地圖，查當地的新舊書店，向人打聽有沒有『鬼市』。『鬼市』就是當地人自發的墟市，在

02

凌晨舉行，四五點開，七點左右天剛亮就散了，行徑頗似聊齋中的佳麗，所以叫『鬼市』。印象中，南京朝天宮週末的『鬼市』讓我收穫頗豐。

「漸漸地，我在東莞的宿舍裡，書櫃添了一個又一個，床頭床尾都塞滿了，就每個週末往香港搬。家裡書房堆滿了，就擺到客房、客廳裡去，飯桌底下，馬桶旁邊，漸成燎原之勢了。

「因爲姓鄭，所以就刻了個章：『做鞋鄭氏』，蓋在收藏的書上。這是想與二千年前那個對買鞋的程序非常執著的鄭人遙相輝映，見賢思齊嘛。」

鄭先生亦習書法、詩畫、篆刻，見識廣博。

浪漫開店

不久，友人一通電話打來，雙方訴說生活苦

看書最壞的習慣是，
計較書本能為你帶來甚麼。
人們見到你在看書，
就問：你要考試嗎？
如果你不是考試，
為甚麼要讀書？
當然是去玩樂啦。
很多人因為一種實在、
短期的生活目標，
才拿起一本書。

03

悶，唏噓一番：「難道就這樣過一輩子了嗎？」

不知哪來的決心，兩人竟浪漫請辭，決意回香港開書店，看書看個飽，總算是做自己喜歡的事情。

「聽說有百分之五十的女性想自己開服裝店，另外百分之五十想開花店，那心情跟我們大約相近吧。」

幾許風雨

梅馨書舍於二〇〇五年四月開業，當時一眾書店同業均不看好，賭書店撐不過年底。

書店裝潢用心，書架全為實心木訂造，不同於市面上以碎木製成的高壓板，堅實的材料令書架可以承托書本重量，不易變形，經得起時間考驗。可是此等優良材質卻非經營書店的上乘選擇

04

03. 門口旁貼著此四個字，正反映店主的人生理念。

04. 店內可找到出版年代久遠的書本，時間無阻知識的實載留存。

——倘若書店營運有問題，書架很難拆掉搬遷至別處，丟棄再添購書架的成本亦非常高昂，或有業主會看準這點，調高租金大敲一筆，但鄭先生與朋友倒沒想過隨意放棄撤離。

開店之初，書店遇上不少沉舟之險。雖然他倆有豐富的企業管理經驗與營運生意之道，然而書店不純粹是商品買賣，從書本定價、書店定位、顧客關係、市場供求，都得從頭學習。幸得同業老行尊指點，書舍迎難而上。

直到今天，來訪期間人客駱驛不絕，不少熟客見店主如見老知音，話題不斷。

人生哲學

廣東人有句諺語：「行得快，好世界。」行得快，卻可能一頭撞上燈柱——這是梅馨

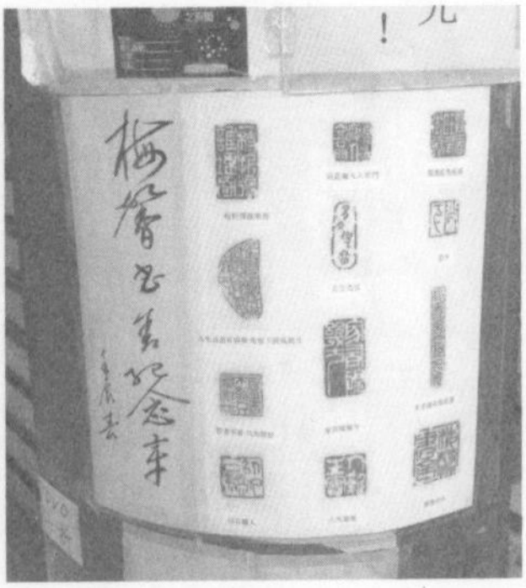
05

06

05. 店主的印刻收藏。

06. 讀一本書，可以了解作者看人生的方式。

07. 人為甚麼看小說？因為人有感情會思考自己該過怎麼樣的人生。

書舍店主的人生哲學。

「我有一次看日本劇集《白色巨塔》，看到滿面淚水，那天店內有位客人坐在沙發上，後來他付錢時一臉擔心地問我，為甚麼哭得這樣厲害？哈哈哈！

「劇集中的醫生是個鄉下人，成績非常優秀，考進東大醫學院，成為醫生，出來以後在醫學方面非常有才華，娶了位名門妻子，一直爬向最高處。到最後行差踏錯，從最高點掉了下來……一個窮小子，奮力拚搏，向上爬，比所有人都優秀，可是走得太快，就從上面掉了下來。」

對啊，衝得太前，已經不能走回從前的生活，這是多麼可怕的事。那麼鄭先生當初毅然從經營多年的鞋業生意，轉為開二手書店，都有預料到當中的風險吧？畢竟中文二手書的市場並不大。

「我的人生怎樣過，是自己的事啊。每個人

都有讓自己快樂的方式，我就很樂意花幾千元買一套線裝書。

「人們常常害怕跟不上（潮流），朋友著我用facebook、whatsapp，我說，有甚麼便撥個電話給我吧。有人們來到這裡，問我有沒有wifi（無線上網），這對書店來說是種侮辱啊。我甚至會告訴客人，如果你要聊電話，請在店外。」

很佩服他能堅守原則，只順著自己的心意走。

愛書人生

鄭先生愛書如命，精於評鑑書籍的印刷、裝訂、紙質和版本，所以店內收藏著各種珍貴古裝書籍。出版年代久遠的二手舊書，或價值連城，偏偏他不願意拿來炒賣。

「看書最壞的習慣是，計較書本能為你帶來

人不只需要技術，
而是有感情，
會坐下來，
思考自己該過
怎麼樣的人生。

08

08. 挑了書，可以坐下來慢慢細讀。

甚麼。人們見到你在看書，就問：你要考試嗎？如果你不是考試，為甚麼要讀書？當然是去玩樂啦。很多人因為一種實在、短期的生活目標，才拿起一本書。

「你拿起一本書，應該是有趣和開心的，舒服的坐在沙發上，你不覺得，這樣已經再無所求了嗎？」

鄭先生說，現在拿起一本書，是想了解作者看人生的方式，未必完全同意他，但就像跟一個死去多年的人做朋友，知道他生活的方式。

「書本可以帶給你這種（交流），讓你慢下來。」

思考生命

他在日本旅行時，會觀察人們的閱讀風氣、

看書人群的年紀、二手書店的裝潢陳設等等，發現那裡很多人看文學書、小說。站在地下鐵車廂內，起碼會見到五、六個人看書，年輕女孩會把書本放在手袋中。在拉麵店用餐時，旁邊衝進來一個男生，穿著西裝、拿公文袋，他吃壽司、喝啤酒，邊拿著偵探小說看。

然而，「在香港，求學時期已充斥著這樣一種風氣——你看小說，倒不如去炒股票炒樓，是在浪費生命，沒有好好規劃未來事業，會覺得，你怎麼在這大好時光看小說？」鄭先生慨嘆。

「人不只需要技術，而是有感情，會坐下來，思考自己該過怎麼樣的人生。」

步出梅馨書舍時想著，能夠相信並熱愛一件事情，直至年華老去，該多美好。

梅馨書舍 PLUM CULTIVATOR

地址——旺角西洋菜南街 66 號 7 樓

電話——(852) 2947-8860

營業時間——（週一至週六）12:00 - 21:00（週日）14:00 - 21:00

主要經營——中港台圖書珍籍、字畫、篆刻

開業年份——2005 年

2.3

HONG KONG READER
序言書室

讀一本書的開始
——逛書店是一種向上運動

序言書室開店之初，
有位女士來參觀，
看見書室內只百呎空間，放十來桌椅，
一時好奇，指著桌子問：
「是否隨便讓人坐？」
逛了一個圈後，再回頭問：
「你不怕我坐在這裡，把書全都看完嗎？」
當時，創辦人之一李達寧笑了一笑，
「最好你可以把書全部看完，
那我們就很高興了。」

7/F,
68 Sai Yeung Choi
Street South,
Mong Kok, Kowloon,
Hong Kong.

01

02

01. 店主之一李達寧認為書店肩負一種社會責任與使命。

02. 拾級而上，書店位處旺角大街上一幢舊樓的七樓位置。

百呎書室的初始

時光倒流至二〇〇七年。

當時李達寧與哲學系同學黃天微、李文漢於香港中文大學畢業，打算一起做盤與閱讀、文化有關的小生意。起初想辦咖啡廳，鑑於當時香港咖啡廳文化與學術和閱讀不太相干，故打消念頭。未幾即決定辦書店，為本土文化事業出分力。籌備數個月，序言書室於當年五月開業。

「本來想開咖啡廳，希望有地方讓人坐得舒服點看書，這裡也保留此想法。特意不築高書櫃，（他指著店門右邊的空間）有想過那邊櫃子可以高一點，不過最後也沒有做到，想書店空間通透一點，太多書櫃的話很擠逼。

「開業時有人說過，應該把窗變成書櫃，因為傳統經營書店的方法，就是盡可能將所有可以

書店是守護知識的地方，往往於最艱難時期，地下書店仍可以發行相對自由開放的刊物、有限度地傳遞文化思潮。

03

03. 04.　店內陳列新到、重點推介的中文書及英文書。

陳設貨品的地方都這麼做。但我們卻認為，這裡應該提供空間，讓人覺得是舒服的，放慢生活節奏，不用那麼急促，坐下來慢慢看書。閱讀空間不光是有張椅子吧，香港比較缺少這種空間。」

「直到現在想法有改變嗎？」

「沒有啊，你看現在，我們還未把窗子變成書櫃。」他靦然而笑。

逛書店是一種向上運動

台北淡水河畔，藍天迷人、水波婉柔的河岸旁一家獨立書店「有河 book」，廣為讀書人喜愛，踏上階梯可見醒目大字——「逛書店是一種向上運動」。香港寸金尺土，用這句話來形容現在的樓上書店生態，似乎更為貼切。

序言書室棲身旺角西洋菜南街唐樓第七層，

04

此區唐樓單位租金如此計算——每接近地面一層，租金便貴一級。同一條街，本來已有不少樓上書店。

「在旺角開店，主要因為生意上的考慮吧。其實香港的問題是閱讀人口不多，有調查說，香港人均閱讀量是每年一、兩本書而已。

「在香港，地區書店較難做，地區人口不足以養書店，所以很多小區書店不止賣書，要賣文具、教科書才能繼續營運下去。我們服務的並非只有旺角居民，要找書、賣書的人都會到旺角來，其實像音響、模型或其他次文化，這些小眾東西也一樣。

「旺角交通方便，客源廣，但租金高昂，所以書店必須開設於高層單位，我們開舖時，地舖單位月租索價二、三十萬，現在大概要過百萬，即使唐二樓（唐樓第二層的單位），亦要十萬元

06

05

05. 二手書架。

06. 設有「相集／畫冊」，還有「藝術理論」屬較小眾題材的專架。

07. 近年社會運動興起，店內有關政治和歷史討論的書種頗受讀者追捧。

租金，老字號如樂文書店也承擔不來，才搬到三樓單位。」

中學時代開始，李達寧已喜歡逛樂文、田園等樓上書屋，尋找有趣的書籍，當時他對哲學已很感興趣。

「很少付錢買書，經常是打書釘吧。其實逛樓上書店對我來說，並非一種情懷，而是主流書店價格較貴，二樓店往往打八折，更送書券。」

八、九十年代，樓上書店業非常火紅，以曙光與青文兩間書店為首，提供學術研究、文史哲書籍，精良而質優，知識分子和愛書之士逛二樓書屋成為習慣。

「很多人來到，覺得序言與曙光很相像，有趣的是，我們本來不知有曙光，直到決定要開書店，四出籌備與資料搜集，才得知這家店。當時去拜訪馬國明先生，一直聯絡交流，馬先生給我

07

們提供不少建議。」

起名「序言」的意念由來

「『序言書室』名字的由來是怎樣的？」

李達寧說，當初是朋友間聊天，隨口說出來的，聽下去蠻有意思，從此起用「序言」二字。

根據官方說法，「序言」意思有三：

一、書店就像每個讀者看一本書的「序言」，你可能不太認識那本書是關於甚麼，而透過我們的書店可以作了解，我們是介紹書給讀者的第一關。

二、希望文化和學術推廣是一步一步推陳出新，「序言書室」是個始首，對文化和學術推動非止於書店，而是始於書店。

三、「序言」的廣東話發音與「聚賢」二字

08

08. 某天，女同事將小貓未未從上水帶回來，至今已進駐三年。未未本是街貓，十歲試過在街上被人虐打，事件給登上報紙，眼睛和嘴巴都歪了，同事看到報道後，甚為同情，便帶未未來到序言。

相同，有匯聚賢能之意。

是客人選擇了我們

現時李達寧與另一夥伴屬兼職書店店主，一位拍檔則是全職投入，他專門負責購入英文書籍，一般選書工作就由各人分擔。

小書店的選書、陳設、空間布局，往往反映店主的氣質。序言書室的風格感覺傾重學術務實、文化研究，當眼位置亦可看到政治敏感書籍。

「最初開店，主售文史哲類書籍，無打算賣政治書。後來社會、生意發展，你看我們的暢銷書榜，頭十位幾乎都關政治、社會。

「其實並非我們的選擇，是客人的選擇。」從中窺探出本地知識分子的閱讀風氣。

閱讀可以令人接觸非自己
生活環境有的東西，
包括自信、思考，
雖然社會偏重圖像和影像，
但他們的 information density
（乘載資訊密度）很低，
當然圖像可以很震撼、
可以很有力，
但收到的資訊的量相對少。
所以書本的好處是，
對希望接觸不同的世界、
不同的想法、
不同角度看事情的人而言，
書是最實在、
最簡單的途徑。

君不見近年社會運動興起，莘莘學子、學者都在思考自身與社會的關係，重塑社會秩序，一切均依據於理性討論，而其中又建基於知識的汲入。

人為甚麼閱讀？

「閱讀可以令人接觸非自己生活環境有的東西，包括自信、思考，雖然社會偏重圖像和影像，但他們的 information density（乘載資訊密度）很低，當然圖像可以很震撼、可以很有力，但收到的資訊的量相對少。所以書本的好處是，對希望接觸不同的世界、不同的想法、不同角度看事情的人而言，書是最實在、最簡單的途徑。」

有人說香港人少讀文學書籍，是推動不足之由嗎？

「若你問我，應否加強文學方面的藏書，其實我們的文學架已經很齊全，喜歡文學的讀者上來，也對我們的選書很滿足，始終社會風氣比較傾向學術政治，你看暢銷書榜，大部分都是這類書籍，除非名作家如黃碧雲、董啟章推出新書，當然會上榜。」

那麼店主李達寧本人愛看甚麼書呢？

「我閱讀歷史、政治書籍比較多，歷史書本衝擊很多take it for granted（理所當然）的東西，打破一直以來的迷思。」

他自認看書不算多，比起所認識真正愛讀書的人來說，閱讀量甚少。他說認識的學者、老師、文化人，每年讀十來二十本書，可能一日至少閱讀五小時，一個月的閱書量已是他一年的總和，「那些真的是與書一起生活的人啊。」他笑著說。

緊守那守護知識之地

一家書店，往往是一座城市的靈魂。

李達寧認為，書店是第三空間，非正式的公共空間，但與一般私人空間不同，非純粹做生意。書店內可以醞釀一些東西，讓文化學術滋長。

「另一方面，書店也是知識空間，像學校，不同的是書店含獨立和民間成分，而學校是具體制的，或由政府機構所營運，書店則大多為私人經營，貼近市場，較靈活，當體制不開放時，書店持較開放的態度，在很多極權國家，如果仍有書店存在，都是激進思想分子的集中地。

「書店是守護知識的地方，往往於最艱難時期，地下書店仍可以發行相對自由開放的刊物、有限度地傳遞文化思潮。

「即使在自由世界如美國、歐洲，冷戰期間

09

09. 書店內部空間。

亦受意識形態操縱，像美國曾經有一段時期，社會對社會主義的恐懼令言論、思想出現管制，但在書店仍可找到相對自由開放的討論。」

在李達寧心目中，「書店不屬於官方，也不完全受商業控制（市場），非其他單位可以取代。」

跟隨書本走上你的路

當然，書店在社會中肩負傳遞知識、開放自由討論的使命；但筆者倒很好奇，對一個書店經營者本身來說又如何？

「書店在你生命中是怎麼樣的一部分呢？」特意輕聲提問。

從多番對談間意會到李達寧本身強大的邏輯性與組織力，問及此等感性問題，實在無法猜測

書店大多為私人經營，
貼近市場，較靈活，
當體制不開放時，
書店持較開放的態度，
在很多極權國家，
如果仍有書店存在，
都是激進思想分子的集中地。

10

10. 序言店主李達寧表示，最初開店，這裡主售文史哲書籍，後來加入政治、社會議題書種，這個發展可謂是客人的選擇。

他的回覆，也難從他的眉目中看出端倪。

「非常重要。」回答簡明輕快。

「做人數十餘年，四分之一的光陰都花在書店裡了。最大的影響是，經營書店後，我開始接觸不同書籍，啟發自己的政治取向；對人生的思考、對事情的看法亦與開書店的經驗相關。

「很多事情其實不用計劃，你預計的往往非實際發生的，只要開始去做，便會慢慢摸索出一條路。剛開始時，我們三個都是膽粗粗（大膽試行），沒有做生意的經驗，打工經驗也不多。很多前輩在明在暗，都勸我們別做下去，但我們還是堅持，同時得到很多人的支持。雖然那時很多人口裡說不，但都有支持和幫忙，才能令書店慢慢經營下去。」

香港中文大學教授周保松先生曾經於公開講座向他們預言，書室頂多繼續經營一、兩年。「結果，我們走到現在，哈哈。衷心感謝周保松老師，他幫了我們很多。」

「序言能夠生存這麼多年，很多人包括自己都覺得是奇蹟，但我認為這件事屬於香港所有支持的讀者、閱讀社群。」

他解釋，其實還有很多外來因素，對維持書店有幫助，每次社運興起，序言的知名度與生意均更上一層樓。

「好多事情，你說不準也猜不透，有很多巧合，但正因為無法預猜，所以不用太擔心，只管走自己要走的路。」

序言書室 | **HONG KONG READER**

地址——旺角西洋菜南街 68 號 7 樓

電話——(852) 2395-0031

營業時間——（週一至日）13:00 - 23:00

主要經營——人文學科及社會科學之中英文書籍、文化活動

開業年份——2007 年

Facebook——https://www.facebook.com/hkreaders

2.4

MY BOOK COTTAGE
讀書好棧

匯聚友誼的小客棧

——由書本牽引出書緣與人情

從人滿為患的尖沙咀鬧市
慢步至轉角街道，
遠遠便看到樓上某戶的透明玻璃窗，
印著「讀書好棧」四個蔥綠大字，清新醒目。
我踏進該幢看似是民居的樓宇
（原來是商住共用的大廈），
樓下大堂的守衛眼角一瞥，
開口詢問：「你要到哪層樓去？」
無故緊張起來，答道：「二樓，207室。」
他沒再追問下去，旋即走入電梯，
又經歷一次獨特的尋訪書店的體驗。

Room 207, 2/F.,
Kiu Fung Mansion,
18 Austin Avenue,
Tsim Sha Tsui, Kowloon,
Hong Kong.

01

01. 抬頭看看，就會望見設在二樓的「讀書好棧」。

像書店也像家

這裡有家樓上書店「讀書好棧」，簡單的白牆木地板裝潢，藏書不多，進門後左邊列高身書架，陳列中英文童書、小說、歷史、生態文學等。窗邊放有高腳木桌椅，地台上隨意擺設小茶几和數個綿軟抱枕，陽光灑落，一片愜意。

書店以「棧」命名，除因「棧」字於粵語中具「有趣」一意，店主由此欲帶出閱讀滿有樂趣以外，還有幾重意義：

一、客棧：一處可以讓人歇息的地方，這正是店主對書和書棧的情懷和期望；

二、書棧：存放物件的空間，這裡是存放書本的地方；

三、棧道：讀書仿如上山的棧道，藉著它，可以攀登高峰，更重要的是讓人欣賞途中的景

現在的生活是快樂的，
雖然書店人流不多，但開心。
別說金錢壓力，在書店裡，
遇見的人與體會也很多。
最想感謝業主，
這麼多年來也沒有加租。

02

02. 玻璃窗上貼上了像蝴蝶的徽誌和店名。

03. 店內近窗的地台，是舒適悠閒的角落，讓人客可以隨意席地而坐。

致，享受當中的過程。

到此書棧，恰如探訪店主 Hilda 的家，稍作休憩。脫掉鞋子、拿來坐墊，Hilda 親切的問：

「我在沏花茶，你要喝一杯嗎？」

點頭示好，二話不說便端來精緻小壺，陶瓷杯中是自家種的數種花葉，香氣滿溢書棧。

「試試吃金蓮花啊。」

「甚麼？能吃的嗎？」

放到口中咀嚼，一抹山葵醬氣味醺進喉腔，多複雜的味蕾經驗。

書店店主 Hilda 開腔：「從第一天起，我只想藉著開一間書店，內裡是各種交流，並非為賺錢。」

沒有客人，只有朋友

家是溫暖的地方，這裡也處處洋溢親切感。

03

每回到訪書棧，總不會空手而回，有次 Hilda 遞給我一把薄荷葉，著我沏茶喝可治喉嚨痛；另外一次獲贈的是芳香的小盆栽，初次認識到此毛茸綠葉的藥效功用。關於這客棧，Hilda 說書是生活的一部分，因為書本，演變出各種關係、生活、感情；在書店內認識到不同的朋友，人與人的關係與外界不同。

譬如說，很久以前，有客人來訂書，在買賣和電郵交流之間熟絡起來。某次收到長途電話，才知那人居住於紐西蘭，後來 Hilda 到紐西蘭遊玩時特意去探訪。

辦書展時，客人會主動請纓當義工。亦有客人說來取書，順道上來一起吃頓飯，甚至拿甜品和湯水給她。

書棧內有本手工小書供客人留言，逐頁翻閱，統統都是別人寫在小冊上給 Hilda 的祝福話

一、客棧：一處可以讓人歇息的地方，這正是店主對書和書棧的情懷和期望；

二、書棧：存放物件的空間，這裡是存放書本的地方；

三、棧道：讀書仿如上山的棧道，藉著它，可以攀登高峰，更重要的是讓人欣賞途中的景致，享受當中的過程。

04

04. 山葵味道的金蓮花。

05. 在書棧內種植的小盆栽。

語。這些關係，已非普通生意買與賣，而是朋友了。

「從前在金融界工作，當然也有朋友，但跟在書棧認識的很不同——他們全都很為人設想，其實自己很少開口要求幫忙，我亦不怕一個人做事，畢竟怕的話便不會獨自辦書店了。然而朋友們總義不容辭，主動要來協助。他們都善良得很，你說，在外（工作）哪會遇到這樣好的人？」

真摯的語氣中，感受到她那顆會感恩的心，是快樂人生的緣起。

「其實我覺得自己很幸運，書棧每年也有團年飯，之前的兼職同事很幫忙，還有縫紉班老師，很多舊朋友和客人……」說著說著，淚掉了下來。Hilda 看起來弱不禁風，纖纖女子，一個人營運一家書店，想必非易事。

「身邊有人義不容辭來幫忙，有時實質並

05

非幫上許多，不過很多事情，並非 take it for granted（理所當然）。像我已經多年沒有買過衣服，但我有很多衣服可以穿，鞋子也幾乎不用買，很多客人和朋友送給我。我沒甚麼錢，也沒甚麼需要，朋友送給我的，比我實際需要的多。

「我很幸運，身邊的鄰居和朋友都是守望相助。」一點一滴回憶起，書棧未搬遷前，舊址鄰居是做窗簾工程的，同為單槍匹馬，一夫當關，了解到大家的狀況，總是互相分享支持。

「那時我會幫他看英文書信，解釋給他聽。當時他的公司總積存很多過季的布辦，都是歐洲布，款式漂亮、質料也好，可惜辦公室單位不大，只得無奈丟棄。我看了覺得可惜，他便將布辦贈送給我，新年時我拿來包裝禮物，送給親朋戚友，他們愛不釋手。

「後來布辦數量太多，因緣際會下請了姐姐

06

07

06. 客人和朋友送來的問候信和心意卡。

07. 店主分享的人生寄語。

的舊同學來開設縫紉班，故此你現在看到那些縫紉機呀甚麼的，統統放在這裡了。」

Hilda每次見到這群學生（實則都是朋友了）到訪時喧鬧聲不斷，脫鞋、隨意放低手袋，感覺像回到家一樣，她總感到極其溫暖。

人情金不換

怎麼看都不像個書室模樣？她說經營這店，人情是她最看重的。

別人跟她說，你不像個做生意的呀，人家店舖都落力宣傳，你這裡比較像你自己的家。她只笑了笑，說自己寧願低調。

「自己從來比較我行我素，不在意別人怎麼看。很多事情，如果我理會別人怎麼看，便做不到了。」數秒後，她突然自豪地說起：「我有一架印上書棧標誌的專屬五人貨車，哈哈！」

原來是好朋友自把自為，將書棧標誌貼在自己工作的小貨車上，充當私人司機，這也太體貼了吧。

說到這裡，又一次，Hilda雙眼閃亮著感慨：「這些朋友實在太善良，在外面哪能碰到啊？」

於社會打滾數年，體會到很多事情都要計較成本效益。每個人都有張履歷表，成就統統以收入財富衡量，人脈也是愈廣闊愈好，連虛擬的網絡上也得經營自己的社交網站專頁，要有人氣，才算被重視。

滿足小時心願

「小時候想開書店，就去開吧；沒有錢，就再算吧，等於零，打回原形；打回原形，才再去上班吧，我是不會餓死的。

「結果並非賺錢與否的問題，老實說賣書是一定賺不到錢。在這裡贏得的人情，是在外怎也找不到的。」

Hilda經營獨立書店的想法，緣起於小時候逛樓上書店的經歷。她喜歡有個地方讓別人坐下來看書、聊天、打發時間，很輕鬆且不被干擾的，「隨你在這裡慢慢享受，為你提供一個空間。」

於是在這數百坪的空間內，有了不止賣書的各種可能性，縫紉班、書法班，她又會帶書本到學校辦展覽等等，全因為她不希望「生活就是如此」。

金錢買不到的生活本質

經營書棧八年多，Hilda的生活哲學亦改變結果並非賺錢與否的問題，老實說賣書是一定賺不到錢。在這裡贏得的人情，是在外怎也找不到的。

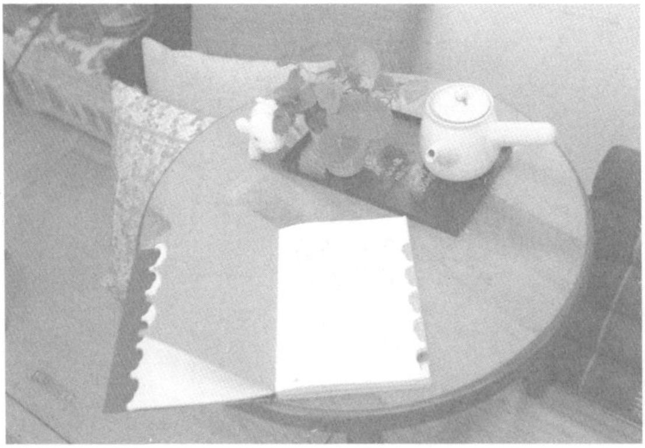

08

08. 留言冊內滿載朋友客人給予鼓勵關懷的祝福語。

不少，首當其衝是對社會資源運用的反思。

「我現在造好多循環再用的東西，自己整牙膏、清潔劑，不用化學物，前幾天剛回收咖啡渣，便在社交網絡上打幾句，說咖啡渣可以有甚麼用途，看看有沒有朋友需要。都是日常事情，想大家盡量保護環境。」

最違背成本效益的事情是——她休店去舉辦循環再造等活動。訪問前她就休店了一天，去了嘉道里農場做義工，談起少吃肉減少碳足印、永續生活模式等，她都神采飛揚。

「生活中有很多事情可以做到，不是因為方便、有錢就去買，例如種盆栽，不用化肥，用蛋殼、橙皮就可以。

「以前在銀行加班時，試過只有包括我在內三個人，我便把另一方辦公室的燈關掉。上司回來了，看見黑漆一片，便問我幹甚麼。在銀行工

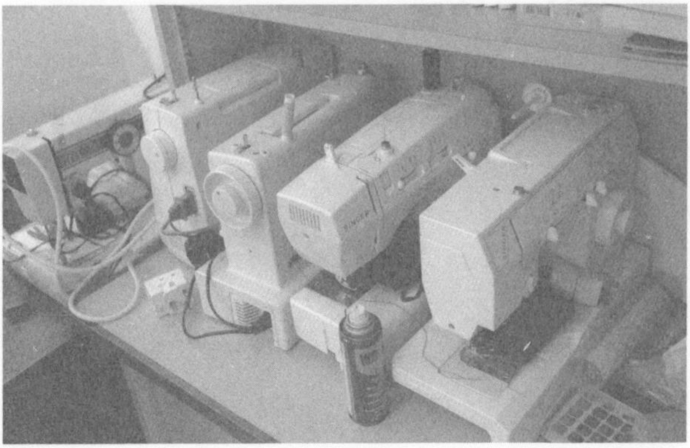

09. 書棧內有幾台縫紉機，原來這裡也有開縫紉班。

09

作，常常需要影印大量草稿文件，同事習慣用簇新紙張，我著她用環保紙（單面空白），她可能怕麻煩沒理會吧，結果我自己跑去列印機左弄右弄，結果她也不好意思了。

「資源是大家的，我跟教會朋友吃飯，牧師經常預備太多分量，吃不完浪費，空調亦常常長開，我照樣罵他，跟他說，這不是為了自己。很多事情要自己做，不浪費，希望達到不消費的生活。」

這是一份對永續生活模式的堅持，對美好生活和社會責任的執著。陶淵明不為五斗米折腰，她也具備此等風骨，堅強而永不放棄。

問她：「辦書店對你來說是否較舒服？」

她想了想，「其實每一份工作我也很喜歡。很多人對做書店這行業抱幻想，其實也可以很辛苦。試過在中學舉行書展，完展時不想麻煩別人，自己搬三十多箱書上兩層樓梯。到了學校門口，竟然下起雨來，那次之後大病足足個多月呢。」

迎難而上，知易，卻是行難，然而她骨子裡樂天知命。

「現在的生活是快樂的，雖然書店人流不多，但開心。別說金錢壓力，在書店裡，遇見的人與體會也很多。最想感謝業主，這麼多年來也沒有加租。」

「其實我真的很窮，沒有甚麼錢財。不過窮則變，變則通，幸虧有良心的人們一直幫忙。」

有人不知就裡，在網絡上留言，說書棧一定是自己物業，店主才能如此「風流」。Hilda 說：「我窮得風流吧，哈哈。不一定有錢才能追夢，還好遇上許多有良心的人，我才能走到現在。」

讀書好棧 | **MY BOOK COTTAGE**

地址——尖沙咀柯士甸路 18 號僑豐大廈 2 樓 207 室

電話——(852) 2645-3949

營業時間——（週一至週六）10:00 - 19:00（請先致電）

主要經營——中英文書籍、兒童圖書、學校書展

開業年份——2006 年

Facebook——https://www.facebook.com/My-Book-Cottage-讀書好棧-198897893475438

2.5

CLOCKWORK CAT

發條貓

在工廈裡的文藝復興地

——貓似的深夜書房

在前往「發條貓」的路上，
不知何故，步伐有點忐忑，
泰半因為觀塘與印象中書店的
氛圍截然不同吧。
深藏於觀塘工業區內，
平日路人毫不留戀的工業區，
此刻竟造就最愜意的散步景致。註

Unit C12,
4/F Por Mee Factory Building,
500 Castle Peak Road,
Lai Chi Kok, Kowloon,
Hong Kong.

01

01. 小黑板上以粉筆畫上歡迎來客的圖畫與字句。

註 於 2013 年開業的「發條貓」最初位於觀塘一工業大廈內，作者曾數度探訪，並將店主的經營故事記錄成本文。2016 年 3 月底書店遷址到荔枝角，同樣身處工業大廈單位內，仍然以「周末深夜書房」為其經營特色。

入夜後的工廠區

踏出車站，埋首前進，腳步細碎急速，一如許多習慣緊張節奏的香港人，內心有了目的地，便一股腦兒往前衝，不容許有半刻延緩。

未料走著走著，抬頭一看，黑夜帶給繁忙的工業區另一番道路風景——路過盡是警衛獨守空曠的停車場、已打烊的小炒快餐店、滿街停泊著無人的車輛和手推車，它們都已完成了一天的工作，萬籟回歸寂靜。

就在這樣的氛圍下，腳步變得寬闊，調整一下心態，也不急於和時間競賽了，不如沿途上好好看風景。

不知在哪裡聽說過，街道的可逛性，不止於滿布便利消費的商店，或者單靠高貴的精品名店抬高地價，行人愉悅的笑容和交流，也是重要的

如果你要方便，你要數量很多，
像超級市場那樣，這邊廂買雪糕，
那邊廂可以買到殺蟲水，
再走遠少少可以買到白酒，
各種東西你都可以買到，
我們這裡未必可以提供到，
但這裡也不算非常小眾，
只是我會為這裡有個揀選和定位。

02

02. 進門前請先脫鞋。

03. 書房中央放著一張長方形桌子，展示獨立出版物及與社會議題相關的書冊。

細節。

想來也是，比起白天庸碌的景象，人應該更享受此刻的寧靜。

工廈裡的小書房

抵達目的地了。大閘外，佇立一塊小黑板，簡明地以粉筆寫上「發條貓」三個字，彩色粉末繪出趣致貓咪一隻。

按下鐘，應門的是一位看似二十來歲的年輕男生。

「你好，請進來坐啊，鞋子可以脫在門前。」啊！霎時間反應未及，回過神來，雙腳脫下鞋子，幸虧當天襪子沒破洞！

站在面前是充滿活力的店主 Mr. Yellow，他

03

是這家位處觀塘區工廈內的書店的創辦人。

說是書店，他本人糾正，「其實我會稱這裡為書室吧，有兩張沙發和椅子，似大家的書室，可以上來看書，我便沏茶、沖咖啡；也有閱讀區，不過這裡面陳設的書不會拿來賣，但你可以坐下來慢慢看。希望別人來到比較舒服，像自己的家。」

這裡的確是個令人放鬆心情的空間——燈光柔和，進門後是舒服的地氈、坐墊和單人沙發，有兩個大書架；另一半的空間，則放著皮沙發、酒桶、木櫈、熱水壺等等。

關於剛才脫鞋子的別扭，我已早早拋諸腦後，親切的氛圍渾然令人忘卻拘謹，自然如探訪朋友的家。

04

像貓一樣的獨立性格

在「朋友家」安頓下來了，劈頭就問出心裡首號問題：「為甚麼這裡的名字是『發條貓』呢？是否與美國名導演 Stanley Kubrick 的『發條橙』有關？」

「這家書房像貓，有自己的獨立性，就是自成一角，但牠有時又會向你撒嬌，當牠和你建立了某程度上的關係，牠很想親近你，就會向你撒嬌，那你也感到相當愉快啊。」回答簡潔，不除不疾。

獨立書店，的確在某些地方和貓咪有點相像，能夠展現出自己的性格，不服從、不討好。

「其實亦像文藝作品。貓好像很高竇，文藝作品亦然。藝術好像曲高和寡，可能你不明白，其實你也不一定要完全明白啊，或者你看一本書，未必會明白，但又覺得，好像有些東西、

我很喜歡書的質感，很優雅，
可以到達另一個世界。
看書是個人的，
自己進入那個狀態，
不能和別人同看一本書。

05

04. 書架一個角落，擺放畫冊及藝術類書籍。

05. 寄賣區展示各創作單位的手作小物，如有自家種植的薄荷茶葉。

有些特別的感受，記下來，十年後重讀便會有感覺。」

夜貓子的文藝聚腳地

脫口而出第二個問題：「那麼為甚麼是『深夜書房』呢？和日本電視劇『深夜食堂』相關嗎？」

「其實我有正職，這裡算是『半力出擊』吧，只在星期五、六晚上營業，偶爾舉行文創活動。

「我也當這裡是一隻貓，常常來看牠，逢星期五、六晚上來，開燈、關燈，給牠溫暖，與牠溝通，經常打掃這裡，給牠一些營養，例如書本與音樂。」

Mr. Yellow 說很多文人雅士或有藝術情操的人，不約而同喜歡貓，「貓好像哲學家，望牠的眼睛好像洞悉了一切。」

如廝愛貓，你在這裡卻不會找到貓的足跡，畢竟是書房，而非寵物店。這地方就是貓似的，沒有討好誰的意思，沒刻意迎合市場需求，只做好自己。

親手挑選的進店書單

數百坪單位內，中間長檯展示獨立刊物、雜誌等，前排淺色木書架上放著音樂、藝術、電影，以及知性和社會議題相關書籍，隔鄰分門別類擺放香港、台灣和中國內地的作品，也有些漫畫，店主還特別劃分出幾行書架，專賣與貓相關、日本作家村上春樹、科幻類的書籍，都是他個人熱愛的東西，而科幻小說就是童年引領他愛上閱讀和寫作的一扇門。

與其說是逛書店，倒更像是身處店主自家的書房，廣闊多元的藏書，都是店主精心挑選的。

「進店的書都經過篩選，至少要知道內裡說甚麼，我才會買，很少在網絡上選書。我常常到不同地方看書，發掘一些有趣的書，因為沒有甚麼比手持著一本書，去決定買不買下這樣更好。

「坦白說，我並不能決定一本書的好壞，店主是 gatekeeper（守門者），只是打開一道門，讓某些書進來，同時決定店的風格。譬如我喜歡椎名林檎的音樂，可能很多人覺得嘈吵，我倒覺得很自由奔放。其實就是這樣啊，打開門讓人進來，挑選自己喜歡的，拿不拿走便他自己決定。」

瀏覽書房的布局與書架上的陳設，就像店主在跟你訴說自己的興趣和生活體驗。

聽 Mr. Yellow 娓娓解釋書籍排列的因由，更了解店主之於小書店的重要性，他就是整間書房

06

08

07

06. 除書本外，還可以在這裡找到店主精選的電影 DVD、音樂 CD。

07. 讀者可以隨意坐在柔軟的雪豆抱枕上安靜看書。

08. 衛斯理的科幻小說，是店主對閱讀與寫作產生興趣的啓蒙作品。

09

09. 10.　書架上每一本書，都是 Mr Yellow 親自挑選的。

的靈魂。

「如果你要方便，你要數量很多，像超級市場那樣，這邊廂買雪糕，那邊廂可以買到殺蟲水，再走遠少少可以買到白酒，各種東西你都可以買到，我們這裡未必可以提供到，但這裡也不算非常小眾，只是我會為這裡有個揀選和定位。」

關於看書的快樂和意義

經營獨立書店，很多人直覺想起來就是一份退休工作吧——一個老人，一張小板凳，一間小小的街角古書店。年青人難道不都野心勃勃，想要創一番事業賺幾桶金嗎？出於好奇心，問道：「當初為甚麼要一頭栽進賣書這個行業？」

他的回答斬釘截鐵，「做小書店也是希望讓

10

更多人認識書本，跟你說，我覺得這本書好看，我想介紹給你。反過來，有客人會說我想要這本書，這樣很好，有一個交流分享。當很多書店都結業，而我和其他同業仍有決心做這件事時，大家的想法就是，一起分享看書的快樂和意義。」

後來某次再到訪，書房換上新裝，置中部分多了時事政治相關的書冊，亦有購入來自台灣的生活文化刊物，看出店主的心思。

「坐在梳化上看吧，隨意來就好。」他說。

音樂、電影，還有對於書本的深情告白

恭敬不如從命，盤腿蜷縮在沙發上，人安靜下來，耳朵傳來色士風的優雅旋律，爵士樂曲風聽來像五十年代、樂隊披頭四席捲全球前。

「你的興趣也涉獵很廣啊！」

「其實我喜歡音樂、電影較於文學，中學時喜歡廣東流行歌，但也鍾愛二、三線音樂，當時稱為『地下音樂』，現在則是 indie（獨立）音樂。讀大學時鍾意聽 band（樂隊），初次接觸 Suede，便瘋狂愛上 Brit pop，即是九十年代英倫音樂，然後聽 Radiohead、blur……」

「中學時便開始接觸非主流音樂？」

「或者是有點不想隨波逐流吧。當很多人都喜歡一件事，我就會有點遠離，想抽離，想看清楚是甚麼一回事，不要一窩蜂去做。三歲定八十，不然很難想像現在會有這個地方。」大家會心微笑。

「音樂和電影之外，我很喜歡書的質感，很優雅，可以到達另一個世界。看書是個人的，自己進入那個狀態，不能和別人同看一本書。因為

11

11. 從酒廠收購回來的木桶，成為書店的特色擺設。

有書本，所以成就了今天的我，這並非很神聖很浪漫的事，不過因為在生命中某個時間遇上了書，可以建立一種關係，甚至乎愈來愈多，成為了今天的我。」

一言驚醒，此番說話，可是人對於書最深情的告白。

書本作為歷代藝術創新、人生百態、多少作家仕途浮沉、記錄日常之載體，怎能就此消逝，輕易被資訊科技取代？

總有人說，香港是文化沙漠，紙本閱讀需求屢降、網絡資訊卻日益發達，連帶人們養成速讀的習慣，每天的報章頭條亦缺時間細看，莫說閱讀與思考。

「書是精神糧食，有很多人問，電子書、互聯網的出現，以後還會有人看書嗎？現在也有很多當紅的網絡作家，人們都覺得，文字都放上網絡了。可我覺得，好的作品可以用不同的方式去傳播，正如相機，有菲林，也有電子的相機。我並不覺得書本會消失。

「辦書店就是因為，我希望實體書仍然存在，也希望喜歡實體書的人仍然存在。」

簡單的一句話，千斤重的寄願。

創造力的泉源

娓娓道來，條理清晰，不帶慨嘆。他續說：「人必須有知識才能富有，所謂富有不止是金錢，心靈上的富有更重要。在香港這個如此著重資本主義的社會，很多人會忽視閱讀的重要性。閱讀令人多了想像力，超越知識本身，不一定指虛構小說類，其實看平實的報道式文章也可以激發你一些東西，譬如最近購入一本書，談樓梯，那位日本作家非常喜歡樓梯，書中介紹他研究在日本內不同建築物的特色樓梯，你會看到，有很多人用不同的角度去看這個世界，是你未必有的，你可以去學，或受感染、或刺激自己的想像力、創造力，人才會有生氣，開闊眼界。

「社會是由不同個體組成，人有生氣，社會才有生氣。如果人沒有幻想創造力，便只能在刻板、前人既定下來的規條中生活。」

慣性帶來安逸，亦扼殺創意及激情。想起每天清晨乘坐地鐵時，車廂每停下，上班族魚貫進入，一律低頭玩手機，神情呆滯，幾近全部面向同一方向，他們早知列車到達下站時，哪邊車廂門會開啟，習慣擠到出口那邊的通道。只要其中一人昂首，想必發現畫面的詭譎。

一件小事，說明城市生活的壓逼，節奏快得令人失卻思考，忘卻自我。

「這也是一種覺醒。很多人只看重眼前利益，只看到一些社會運動帶來的經濟傷害，不知正面影響，而談及影響，都是三、五、七年後的事情，怎能立馬看見呢？哲學家說，人是追求真善美的，為甚麼現在很多人看真善美的價值觀只是等於金錢、利益，其實是很可怕的事。如果連美好的東西也沒辦法想像，是很可悲的事。

「閱讀帶來求知精神，如果一個人沒有文化或知識，他沒有靈魂，亦不會進步。像藝術情操可以讓一個人慢慢的修心養性，知道這個世界發生甚麼事，也不會那麼自大，會去理會身邊的人。我在架上擺放很多知識性、或關於環保議題的書籍，如果你從來沒去了解，你是不會去關心和愛護城市的，正如這裡的傢俬，八成是二手的，都是從公司、住戶轉手買回來的。二手其實並非垃圾，只要懂得保養，當中有很多都是好東

12

12. 在週末的晚上，置身小書店，讓人的節奏慢下來，讀一本書思考人生，尋找自我。

西。香港人很浪費，很多東西買回來，好像不太配合（家居環境），就丟掉，幸好有二手市場存在。其實很小的事情已經可以改變到世界，只是太多人沒去做。」

人與人之間的分享與交流

來書房的人，不止於寒暄，還積極互動，對話包涵從生活瑣事至社會議題。訪問途中，Mr. Yellow 的朋友上來，我問：「他是你的客人嗎？」

「是客人，也是朋友吧，哈哈。」

不久後，又有一位女生來訪，且捧著大袋書籍，「給你的，不收錢，希望你用得著啊。」語氣彷彿相識良久，然後天南地北，氛圍極其輕鬆愉快，我想這些都是書房的長期支持者吧。

Mr. Yellow 說他成立書店的初衷是舉辦活動、與人分享，而這一年多的時間，確實達到了。像現在，有人來訂書，逢星期五、六晚上開業也有客人摸上門。不過最意想不到的，可算是朋友的支持。

有人問他，忙著經營深夜書房，豈不是沒私人時間玩樂了？他說並不全然如此。

「的確，星期五、六這些黃金夜晚都貢獻給這裡了，但卻有班朋友定期來訪，像你剛剛看到的男生啊，反而好多人上來聊天、喝杯酒。金錢回報是沒有甚麼，倒是挺快樂的，這些朋友的支持讓我很意外。」

他再三說，書房像是自己的「私竇」。

錢買不到的東西

儘管神態輕鬆自若，背後卻有辛酸一面不為人知。

書店本來選址炮台山，搬遷到這裡是一大考驗，包括到林村、酒廠、公司上門收購和親手搬運沉重的家具。

他說自己以前對現實的東西不看重，包括如何租借一個單位，他也知道並非有錢萬事得，及後也發現，自己真的沒有太多錢（笑）。他說自己是新手老闆，所有事情都要嘗試和慢慢學習。

他又形容自己，「像貓兒，不會很活潑的四周跟別人說 hello，他會靜靜地在一邊，等人來，你喜歡便摸牠兩下，跟牠一起玩，建立感情。」

在香港經營書店，大概是最累人的一門「生意」，特別對於尚有全職工作的 Mr. Yellow 而言，

或者你看一本書，
未必會明白，
但又覺得，好像有些東西、
有些特別的感受，記下來，
十年後重讀便會有感覺。

愈想抓緊時間，它的尾巴愈要從指縫間溜走。

「盡量吧，希望在有限的時間內做最多的事。要不就放棄，要不就好好照顧（書房）。」

舉辦活動、選書、認識及建立藝術家圈子等等，非朝夕之事，可是他說：「怕累的話，很多事情也做不了。有誰不想舒舒服服，坐著有錢收？可我還年輕，希望能做多點事，也希望跟不同的人一起玩、一起合作，讓事情在這裡發生。」

發條貓 | **CLOCKWORK CAT**

地址——荔枝角青山道 500 號百美工業大廈 4 樓 C12 室

營業時間——（週五及六）20:00-23:00

主要經營——中英文書籍、唱片、影碟、創作品牌、文化活動

開業年份——2013 年（觀塘）、2016 年 3 月底（荔枝角）

Facebook——https://www.facebook.com/clockworkcathk

CHAPTER

03

NEW TERRI-TORIES

新界篇

"Bookstores contain the residue of thousands of people who went in there to find an experience, a narrative that guided them to a new place or reinforced what they were doing."

—Lauren Leto, *Judging a Book by Its Lover: A Field Guide to the Hearts and Minds of Readers Everywhere*

3.1

MY BOOKROOM
我的書房

尋書記
——踏上23樓的藏書室

並非第一次，聽見書店店主說出這樣一番話——「假若實在無法營運下去了，那就重新上班，由零開始吧。」道來神緒卻淡然自若，彷彿是再平常不過的事。

Room 2301D-5B,
23/F, Nan Fung Centre,
Tsuen Wan,
New Territories

01

01. 到訪的來人，很多都是透過臉書才知道荃灣南豐中心的23樓，原來有一家專營二手書的「我的書房」。

由零開始

午後，踏出漆滿紅彤色磁磚的荃灣地鐵站，外面的走廊熙來攘往，人潮肩摩接踵，路過的少男少女嬉鬧笑語，商販售賣鬧市中漲價甚高的街邊小吃，如雞蛋仔、煎釀三寶，慶幸這裡價格還屬平實，味道尚未變質。好些上班族或身穿白色廚袍的人忙裡偷出幾分閑暇，抽口煙，再匆匆回到工作崗位。

就在地鐵對面、布局傳統的購物商業大廈南豐中心，某一個高層單位內，有家間隔四平八穩、燈火通明的「我的書房」。

而並列在其旁邊，有各式的商業舖位，蛋糕材料店、韓國美容妝品店、補習社、社會機構辦事處等，各行各業的棲息地之中，這裡赫然跑出一家書店來。

02

閱讀的價值，
遠遠超越買賣所獲得的盈利。
書本的價值，
是不能用金錢來衡量的。
而令他快樂的是，
有人真的在小店買到
自己喜歡的書。

02. 書房內藏書以人文歷史及社會科學類為主，也不時可找到研究國情、針砭時弊的專著。

03. 在這裡也可以找到二手雜誌，如《明報月刊》及《TIME》等。

或許就是這點格格不入，才顯出店主對於書本的熱愛與經營書店的決心。

書店名叫「我的書房」，「我」是誰呢？跟店主莫思維見面，原來他本身也住在荃灣區，曾經在寫字樓做文員，平日愛逛二樓書店，卻遺憾自己居住的社區裡並沒有這種店子，也就立下志願，要自己開一家。

誰來光顧？

荃灣區近年來不斷經歷拆卸與重建，舊店老地種出簇新光鮮的樓宇，同樣的地段，經粉飾包裝，新落成的酒店、商廈、屋苑，倒神奇地身價暴升，彷彿那裡的空氣也變得較高尚了。

在這片地要辦二手書店，空談無用，動兵才考工夫。由籌備到真正開店，花去一年光陰，創

03

業過程中存在很多猶豫不決，包括未知數如會否蝕本、何處搜尋合適的舖位等等，曾碰上業主索天價的租金，左挑右選，最後才作出決定。

書店選址南豐中心，其實租金並不便宜。旁邊是幼兒學唱歌的Playgroup，人流旺盛，莫思維半開玩笑說：「的確是很多人啊！尤其很多人會去旁邊那家店買奶粉，才不會買書。」

說到中途，他嘆了一口氣。創業難，欲立足於書店業更難。在香港，獨力開書店為主業者，非得抱著置之死地而後生的心態。你若只當它是一門生意來營運，那便選錯行業了。

閱讀的價值，遠遠超越買賣所獲得的盈利。書本的價值，是不能用金錢來衡量的。而令他快樂的是，有人真的在小店買到自己喜歡的書。

06

04

05

07

04. 05. 桌面鋪滿密密麻麻的書本，搜書像尋寶一樣。

06. 到頂的書架 。

07. 善用空間，地上也放了一列書本。

愛書之人

逛小書店，很多人都會肆意瀏覽翻找店主的書架。手指沿著一列書脊掃過去，文學、歷史、哲學、社會心理學等，這裡的書本書脊邊緣都乾乾淨淨，沒甚麼皺摺的，可以看得出來，這裡大部分書本的上手擁有者，都是對書本珍而重之。

店主本身都是喜歡閱讀之人，特別是文史哲類及有關中國時事、政治的書籍，家裡收藏也有不少。開舖初期，店內多為自己的藏書，就像是將家中的書架搬了過來似的，亦有同學、朋友知道自己開書店，特意抱書來寄賣。點點滴滴、涓滴成河，建構出「我的書房」。

莫思維說自己喜歡書，想把興趣化為事業。想來也是，書店不同於別的生意，顧店的人總得

愛書、看書，或至少認得那麼幾個作者、作品分類，否則人客滿懷希望到來獵書，店主如果幫不上忙，定必碰得滿鼻子灰。

「我希望別人來到，有開心的感覺，就如閱讀，欣賞作者筆下出色的文章，很是快樂。」他的臉上泛起笑意，唯有談到書，才令他從現實的擔憂中放鬆眉頭。

「閱讀可以讓人消磨時間，也學習新的知識，了解別人怎麼看一件事，有時可能自己只得單一角度看事情，作者便提供了另一個觀點，令你看看別人怎麼想事情，學習和揣摩別人的思考方法。有時也覺有趣，為甚麼一個簡單的問題，有人可以鑽研寫成幾本作品？看書也可以學習修辭、寫作方法，像有些文學作品，修辭很美。」他這樣說。

看著莫思維說起海明威、狄更斯的作品，盡

08

是眉飛色舞，心裡對這個勇敢的愛書人，頓生好感。畢竟在香港，讀書人口遠遠不及擁有智能手機的總人數，至少在公共交通工具上，放眼望去盡是低頭玩手機的人。

就像尋寶

第一次來訪，在這裡找到了一直想拜讀的兩本書——西西的《羊吃草》和張彤禾的《工廠女孩》，是文學類、探究社會問題的書。

二手書店其中一個特別之處，就是像尋寶那樣，走進去前壓根兒不知道會遇見甚麼，過程堪稱是一場歷險記。獨自浸淫於書頁字海中，直至夕陽西下，渾然忘記時間流逝。

數百坪的書房內琳琅滿目，中英文書籍比例是七三。這裡擁近八千本收藏，除文史哲類，一

二手書店其中一個特別之處，
就是像尋寶那樣，
走進去前壓根兒不知道
會遇見甚麼，
過程堪稱是一場歷險記。
獨自浸淫於書頁字海中，
直至夕陽西下，
渾然忘記時間流逝。

09

08. 店主表示，經營二手書店的最大困難，是收購書本，而且是質量好的。

09. 在二手書店，每一本書充其量就只有一兩本。即使第三位讀者慕名而來，店東也是愛莫能助。

個角落有實用及悠閒書，也有學習外語的、法律學的，另也有漫畫、旅遊及心靈勵志小書，囊括書目甚豐，真是從《史記》、經典英國文學至寵物營養大全都有。

但個別客人來到，還是會有找不到自己想要的書，亦有覺得店面太細小、書也太少。二手書店就是，人家拿甚麼來賣，這裡就賣甚麼，每一本書充其量就只有一兩本。即使第三位讀者慕名而來，店東也是愛莫能助。

經營維艱

對莫思維來說，經營的最大困難，是收購書本，而且是質量好的。有別於其他生意，二手書店的貨源可以很不穩定，也未必能應付「市場需求」。畢竟，你怎麼能控制誰拿甚麼書來賣呢？

閱讀可以讓人消磨時間，
也學習新的知識，
了解別人怎麼看一件事，
有時可能自己只得
單一角度看事情，
作者便提供了另一個觀點，
令你看看別人怎麼想事情，
學習和揣摩別人的思考方法。
有時也覺有趣，
為甚麼一個簡單的問題，
有人可以鑽研寫成幾本作品？
看書也可以學習修辭、
寫作方法，像有些文學作品，
修辭很美。

當然，經營二手書店成本較低，對他來說是重要的起步點。

收購了書之後，就等有緣人遇上。「最難忘是，碰上客人講價，有人來賣書，想我付高價，我說不能，他就走了。同樣，有人來買書，怎也不肯付標價，要我再打折，但我這小本生意，再減就連成本也賺不回，然後他就離開，不買書了。也試過問在旁邊等候的主婦要不要買食譜，十元一本，她直截了當地回答：『有錢也拿來買菜啊！』」

這讓人想起一本書——《書店怪問》(Weird Things Customers Say In Bookshops)，如此趣怪對話，大概比書中收錄的更為荒誕，卻令我啼笑不得。要不是為書店經營下來，店主怎會使出渾身解數，擴闊客源。縱使方法未必盡善盡美，但那顆赤子之心盡是值得敬佩。

莫思維希望「我的書房」有一日能成為全港最大的二手書中心，照顧喜歡購買二手書的客人，讓人們來這裡用半價購買二手但最近出版的書籍，也可以來找絕版書。

這倒是個遙遠卻可見的目標。不過他慨嘆說自己的電郵戶口被服務商阻截了，因為「早前發了不少宣傳書店的電郵，哈哈。」笑聲將辛酸帶過。「做樓上店，最重要是多人知道，無人知就無人來光顧了，這裡主要靠社交網站宣傳吧。」

習慣計算成本效益，不擅市場營銷的書店生意好像不太討好人心，但更值得看重的，是事情和人的本質。「當然不希望書店關門，如果經濟環境許可，開始做了，就一輩子也想留在這裡，不走了。如果真的做不下去，就重新打工吧，戶口由零儲起。」

我的書房 | **MY BOOKROOM**

地址 —— 荃灣南豐中心 23 樓 2301D-5B 室
電話 —— (852) 6121-8222
營業時間 ——（週一至日）11:00 - 20:00
主要經營 —— 人文社科、二手書籍
開業年份 —— 2014 年
Facebook —— https://www.facebook.com/mybookroom

3.2

LEISURE BOOK SHOP
悠閒書坊

陪伴成長——隱密於社區中的文化小搖籃

在西貢這片香港後花園內，
有一家開業十六年的
二手英文書店「悠閒書坊」。
是次到訪，問及店主郭志達（Kevin）
怎麼形容書店，
他沉默了一會，
咧嘴笑著回答：
「就像店名那樣……悠閒吧。
走進來，放下袋子，慢慢看書。
這裡沒甚麼特別，就是悠閒，
看書也不是為了達到甚麼啊。」

G/F,
32A Po Tung Road,
Sai kong,
New Territories
(Closed down in
November 2015)

01

01. 從小在西貢長大的店主Kevin，經營書店十多年，讓社區內的二手書籍得以循環流動，閱讀文化川流不息。

秘密的閱讀花園

數年前，在西貢大街閒逛，於大會堂附近發現這家燈火明亮、裝潢雅致的書店。無論書架陳列、書籍標價方法與店內外氛圍，均與外國的小書店氣息相近。當時書坊身處的大馬路，為來往西貢市的人必經之路。書店佔據兩家舖的空間，有過萬本藏書，還養了隻好客的貓咪，遊客、本土村民皆為書店常客。

悠閒書坊於二〇一三年十月搬入現址，店面積少了，與西貢市中心有一大馬路之隔，靠近村落民居，故租金較相宜，可是來客便要多花點腳骨力，幸而識途熟客亦不少。

喜歡看書的人仍然存在，
希望還有個地方讓他們尋寶。
在大型書店，
你可以走到櫃檯問職員
有沒有哪幾本書，
他按按電腦滑鼠，就找到了。
在二手書店，你得慢慢翻找，
從中也可以找到絕版書籍，
好像一個尋寶的地方。

02

02. 悠閒的貓咪。

03. 區內較多外籍住客，都是忠實主顧。

二手的文化價值

搬遷後，主售英文書籍，「這邊多外籍街坊，外國人甚麼書都看，他們的文化是，喜歡在書上吸收知識，在書本可以看到不同的東西。」

那麼中文書呢？「比例上，中文書始終較少人買，在西貢有大型圖書館，也可能中國人認為二手書污糟吧。而且書展賣 $5 一本，二手還有甚麼價值可言？」

想起有朋友說過，一本書定價百多元太昂貴了。然而，花在消費一套電影、一襲新衣、一頓佳餚，我們亦心甘情願。

「香港地物質豐盛，看書相對較沉悶，你拿著電子產品，一物得天下。但文字寫下來，可以流傳。書拿在手上的感覺，比電子產品良好得多，可以慢慢細閱，在相當的一段時間內也不會

03

消失。」

閱讀本來並非店主的嗜好，開書店是偶然投身的志業。他從小在西貢成長，中五畢業後，還未找工作，湊巧認識一位中學老師，經營買賣二手英文書籍生意，他的書店在中環，自己也曾幫忙做兼職，便向他取經，就是這樣他開了自己的悠閒書坊。

書海裡尋找珍寶

「那你喜歡經營書店嗎？」

「本來只想試試看，當時也算是冷門的生意吧，雖然現在更冷門……哈哈。後來做著做著，每天擺放書本、賣書，了解多了，做下去竟成了一家西貢特色小店。你看看，外面人多、車也多，商場千篇一律，來來去去都是那幾家店舖。西貢

每日來書坊的客人不多，
有時十根手指頭也數得出來。
即使於舊址，
人流較暢旺，
亦曾遇上難以經營的時刻，
嘗試過在店內賣酒；
有大半年的時間，
將書店劃分一半，
拿來賣衣服。
說實在的，
Kevin 也得靠另一
小生意幫補生計。

04. 悠閒書坊的日常經營，主要就是希望店內陳列布局整潔，讓讀者看書尋書時感到舒適自在。

是香港的後花園，而這個後花園裡，就有我們這小書店，讓人放鬆。」

的確，開業十多年，悠閒書坊用書架編排出獨特的閱讀風景，社區內的二手書籍得以循環流動，閱讀文化川流不息。

「那麼你喜歡西貢嗎？」

Kevin 想也沒想便說：「當然啦！」問他原因為何？

「人吧。」他說，在西貢，人們比較友善，這裡地方小，社區內人們緊密連結起來，走到哪裡都受到熱情的招待。不過近五年來，這小區跟以前已大不同了。建了新的國際學校校舍、更多的水泥磚蓋村屋、假日駱驛不絕的人潮，西貢似乎愈來愈「繁榮」，然而正如社會上所有文明進程般，有利必有弊。Kevin 說他自小光顧的店鋪多已結業，那些主要都是賣衣衫和食物的小店。

那麼小書店堅持下去的原因是甚麼？

「喜歡看書的人仍然存在，希望還有個地方讓他們尋寶。在大型書店，你可以走到櫃檯問職員有沒有哪幾本書，他按按電腦滑鼠，就找到了。在二手書店，你得慢慢翻找，從中也可以找到絕版書籍，好像一個尋寶的地方。」

在悠閒書坊內，可找到大量流行英文小說，也有珍藏書籍，譬如曾經回收第一本《National Geographic》、百多年前印刷的《聖經》，Kevin說來賣書的人也許未必知道那些是舊版書，而他也沒有特別拿去估價、高價賣出，只讓有緣客人在茫茫書海中找到。

猶如社區小搖籃

他的經營理念簡樸直接——客人覺得舒服，

05

06

想起有朋友說過，一本書定價百多元太昂貴了。然而，花在消費一套電影、一襲新衣、一頓佳餚，我們亦心甘情願。

07

05. 悠閒書坊的門面。

06. 舒適潔淨的環境，配合柔和的音樂，讓人放鬆自在、專心閱讀。

07. 小說特別優惠。

員工收拾妥當，打理好書店內的陳列布局，令人走進來感到乾淨整潔。

「賣書哪裡會賺到錢？只是很多人來到，說這裡很特別，環境舒適，這比起做生意更令我快樂。」

那麼曾有哪些與顧客之間的交流令他印象深刻？他笑著說，有客人經過，錯愕的問，「為甚麼你還在這裡？」應該是訝異於書店仍能屹立多年吧。

「看著小孩子長大是最特別的事情。本來拿著兒童書，現在拿起大人看的小說，這個情境是最特別的。見到有些客人由單身到結婚，後來有了小朋友，也看到有些小孩本來上幼稚園，現在上中學。」十多年的光陰，書店猶如一個社區的小搖籃，孕育著街坊間的感情聯繫，絕非大型連鎖商店講求成本效益的生意模式所能媲美。

08

08. 一副對聯懸掛在店裡，上面寫著店主一直堅信的理念。

09. 文學類書架。

難以經營的時刻

話是這麼說，然而每日來書坊的客人不多，有時十根手指頭也數得出來。即使於舊址，人流較暢旺，亦曾遇上難以經營的時刻，嘗試過在店內賣酒；有大半年的時間，將書店劃分一半，拿來賣衣服。說實在的，Kevin 也得靠另一小生意幫補生計。家人試過叫他放棄，但這是自己的心血，幸也聽到客人的鼓勵。「我的妻子有打工，試過跟她說，今個月份你先別拿薪水，填補一下（書店開支）吧，哈哈。幸好她認識我時已經知道我做的並非大生意，她也無所謂，且一直幫忙。」說罷他又愉快地笑起來。

「貧者因書而富，富者因書而貴。」幾經艱難也好，金錢在外，富貴於心，這就是書本存在的最大價值。

09

編按——

本書收錄的十一家獨立書店訪談稿，作者大部分於二〇一四至一五年間寫成。
香港租金尤其高昂，獨立書店經營不易。
截至出版之日，作者和編輯心裡已早有準備，預料未來終有書店，或捱不住而宣告結業。
其中，在西貢已經營十六年的悠閒書坊，在本書出版之前，於二〇一五年十一月結業。
深感惋惜。
我們決定保留其經營故事在書裡，讓後來的有志者，汲取過來人一點點的經驗，賦予書本流動的生命力。
「一間書店，溫暖一座城市。」
盼我城有更多讀書人，在書店與愛書邂逅，讓更多書店得以持續經營 。

香港獨立書店在地行旅一覽小冊

書店	地址	電話	營業時間
港島			
Books & Co.	香港半山柏道 10 號	2559 5199	週一至日 11:00 - 19:00
Books Mart	香港西環德輔道西 210-212A 號浩榮商業大廈 11 樓 212 室	2620 5035	週一、二、四至六 11:00 - 18:30
精神書局 （西環店）	香港西環石塘咀 德輔道西 408 號後座	2559 3913	週一至日 11:00 - 21:00
MCCM CREATIONS	香港上環德輔道西 27 號 星衢商業大廈 10 樓 B 座	31064010	週一至五 11:00 - 14:00 15:00 - 18:00
Flow Bookshop	香港中環擺花街 29 號 中環大廈 204 室	2964 9483 / 9278 5664	週一至日 12:00 - 19:00
Parenthèses	香港中環威靈頓街 14 號 威靈頓公爵大廈 2 樓	2526 9215	週一至五 10:00 - 18:30 週六 9:30 - 17:30
Collectables	香港中環域多利皇后街 11 號 2 樓	2559 9562 / 9065 9778	週一至日 12:00 - 20:00
香港上海印書館	香港中環租庇利街 17-19 號 順聯大廈 1 樓 103-106 室	2544 5533	週一至五 10:00 - 20:00 週六 9:30 - 20:00 週日及公眾假期 14:00 - 20:00

書店	地址	電話	營業時間
書式生活	香港灣仔碼頭 3 號舖	2707 0699	週一至五 11:00 - 21:00 週六 11:00 - 17:00 週日 12:00 - 21:00
森記書局	香港灣仔軒尼詩道 210-214 號玉滿樓 1 樓	2891 7922	週一至日 10:00 - 22:00
溢記舊書	香港灣仔道 125 號 國泰 88 商場 3 樓 T37、 T40 號舖	6201 7046 / 2519 6291	週一至六 12:00 - 21:00
陳湘記書局 （灣仔店）	香港灣仔克街 16 號	2572 9031	週一至六 10:00 - 20:30
艺鵠	香港灣仔軒尼詩道 365-367 號富德樓 14 樓	2893 4808	週二至日 11:00 - 20:00
實現會社	香港灣仔軒尼詩道 365-367 號富德樓 2 樓	2467 7300	週一至日 13:00 - 20:00
競成貿易行有限公司	香港駱克道 401-403 號 榮華商業大廈 1 樓	2591 1068	週一至五 9:30 - 19:00 週六 9:30 - 18:30
書得起	香港銅鑼灣軒尼詩道 439-441 號香島大廈 1 樓 A 室	2126 7533	週一至六 10:00 - 20:00 週日 11:00 - 18:30
樂文書店 （銅鑼灣店）	香港銅鑼灣駱克道 506 號 2 樓	2881 1150	週一至日 11:00 - 23:00
人民公社	香港銅鑼灣羅素街 18 號 1 樓	2836 0016	週一至日 9:00 - 24:00

書店	地址	電話	營業時間
森記圖書公司	香港北角英皇道 193 號 英皇中心地庫 19 號	2578 5956	週一至六 12:30 - 22:00 週日 14:40 - 22:00
精神書局 （北角）	香港北角渣華道 24 號 建業大廈地下 7 號舖	2385 7371	週一至日 11:00 - 21:00
香港青年出版社 （書店）	香港北角渣華道 82 號 2 樓	2564 8732	週一至日 10:00 - 19:00
神州舊書文玩 有限公司	香港柴灣利眾街 40 號 富誠工業大廈 A 座 23 樓 A2 室	2522 8268	週一至六 9:30 - 17:30
立興書店	香港筲箕灣 209-233 號 嘉兆大廈地下 G30 號舖	2567 7755	週一至日 10:00 - 20:00
九龍			
智源書局有限公司 （日本圖書中心）	九龍尖沙咀金巴利道 27-33 號永利大廈 2 樓 A 座	2367 8414	週一至六 10:00 - 19:30
讀書好棧	九龍尖沙咀柯士甸路 18 號 僑豐大廈 2 樓 207 室	2645 3949	週一至六 10:00 - 19:00
文苑書店	九龍佐敦白加士街 45 號	2730 0594	週一至日 11:00 - 20:30
學無境書店	九龍紅磡馬頭圍道 34 號 紅磡廣場 1 樓 F 室	2364 2971	週一至六 12:00 - 20:00 週日 14:00 - 17:00
Kubrick （油麻地）	九龍油麻地駿發花園 地下 H2 地舖（電影中心旁）	2384 8929	週一至六 11:30-22:00 週日 12:00 - 22:00
博雅小書店	九龍旺角彌敦道 608 號 總統商業大廈 6 樓 601A 室	2374 2374	週一至日 12:00 - 21:30

書店	地址	電話	營業時間
榆林書店 （總店）	九龍旺角彌敦道 610 號 荷李活商業中心 15 樓 1523 室	2388 8684	週一至六 11:00-21:00 週日 12:00 - 21:00
新亞圖書中心	九龍旺角西洋菜南街 5 號 好望角大廈 1606 室	2395 1022	週一至日 12:00 - 20:00
田園書屋	九龍旺角西洋菜街 56 號 2 樓	2385 8031	週一至日 10:30 - 22:00
春藤書坊	九龍旺角西洋菜街 58 號 1 樓	2442 5689	週一至日 11:00 - 23:00
榆林書店 （分店）	九龍旺角西洋菜南街 59 號 3 樓	2388 8684	週一至日 13:00 - 22:00 週日 12:00 - 21:00
樂文書店 （旺角）	九龍旺角西洋菜街 62 號 3 樓	2390 3723 / 2390 3272	週一至日 11:00 - 21:30
國風堂書屋	九龍旺角西洋菜南街 63 號 3 樓	2390 7099	週一、日及 公眾假期 13:00 - 19:00 週二至四 13:00 - 21:30
學津書店	九龍旺角西洋菜街 62-64 號 3 樓	2391 0245	週一至日 17:00 - 19:00
梅馨書舍	九龍旺角西洋菜南街 66 號 7 樓	2947 8860	週一至六 12:00 - 21:00 週日 14:00 - 21:00
綠野仙蹤書店	九龍旺角西洋菜街 68 號 2 樓	2332 9285	週一至日 12:00 - 22:00
序言書室	九龍旺角西洋菜南街 68 號 7 樓	2395 0031	週一至日 13:00 - 23:00

書店	地址	電話	營業時間
陳湘記書局 （旺角）	九龍旺角通菜街 130 號地下	2789 3889	週一至六 10:00 - 20:30
讀書人書店	九龍灣宏通街一號 啟福工業中心一樓 8 室	2739 7932 / 9109 1312	週一至五 10:00 - 18:00 週六 10:00 - 16:00
逢時書室	九龍牛頭角大業街鴻盛工業 大廈 7 樓 C 室	5218 8044	週五 18:00 - 22:00 週六至日 14:00 - 22:00
Wildfire 把幾火書店	九龍觀塘巧明街 119-121 號 年運工業大廈 14 樓 D1 室	6485 8341	週一至六 17:00 - 21:00
讀書好書店	九龍觀塘偉業街 116 號 聯邦工業大廈 2 樓	2512 1002	週一至五 9:00 - 18:30
發條貓	九龍荔枝角青山道 500 號 百美工業大廈 4 樓 C12 室		週五至六 20:00 - 23:00
小息書店	九龍長沙灣道 137-143 號 長利商業大廈 11 字樓	2369 2750	週一、週三至週六 12:00 - 20:00 週日及公眾假期 13:00-18:00
Book B	九龍太子荔枝角道 135 號地下		週一至日 12:00 - 21:00
新天書業	九龍深水埗青山道 112 號	9017 4565	週一至日 12:00 - 20:00
新界／離島			
向日葵出版社 （書店）	新界葵涌大連排道 152-160 號金龍工業中心 第 1 座 25 樓 C 室	2529 2259	週一至六 11:00 - 19:00
我的書房	新界荃灣南豐中心 23 樓 2301D-5B 室	6121 8222	週一至日 11:00 - 20:00

書店	地址	電話	營業時間
樂活書緣	新界屯門置樂花園 39 號舖地下	2970 0328	週一至日 12:00 - 20:00
文化書局	新界大埔墟大榮里 28 號 豐年樓閣樓	2657 7900	週一至日 11:00 - 21:00
Imprint Bookshop	離島梅窩銀礦灣銀礦中心 大廈地下匯豐銀行旁	2984 9371	週一至日 12:00 - 18:00

編按

在製作本書初版至再版期間，只在短短的大半年時間內，便先後傳來了書店結業的消息，包括悠閒書坊、1908 書社、地攤、銅鑼灣及旺角開益書店，而於 2015 年 10 月至 12 月期間，銅鑼灣書店更發生了店東及員工共五人相繼失蹤事件，以致該書店無法正常營業。

這份香港在地獨立書店列表，由出版之日至可預知的將來，或再有刪減，盼讀者在各小書店仍在努力經營之時，多加給予支持（幸而亦喜見有書店結業後重開，如西環精神書局及原於中大的逢時書室遷到牛頭角的工業大廈內開業），我們更是企盼這本小書將來如再次有機會再版的話，還會修訂增加名單！

如見資料有更新、
遺漏等，請不吝賜知，
以讓我們增補及修訂
這份香港獨立書店名單。

我城的閱讀地圖
GOOGLE MAP
（不斷更新）：
https://goo.gl/LGDBPi

提供書店資料表格：
https://goo.gl/HU1uFG

Daily Life in
Independent Bookstores
of Hong Kong

書店日常

——香港獨立書店在地行旅

作者—— 周家盈 ｜ Slowdown Town

攝影—— 周家盈、Ross Yau

編輯—— 阿丁

設計—— 陳曦成

出版—— {格子盒作室 gezi workstation}

通訊地址 / 香港中環皇后大道中 70 號卡佛大廈 1104 室

電郵 / gezi.workstation@gmail.com

臉書 / 格子盒作室 Gezi Workstation

發行—— 一代匯集

通訊地址 / 九龍旺角塘尾道 64 號龍駒企業大廈 10B&D 室

電話 / 2783-8102

傳真 / 2396-0050

承印—— 美雅印刷製本有限公司

出版日期—— 2016 年 1 月（初版）
2016 年 4 月（第二版）

ISBN 978-988-14367-1-9

本書如有缺頁、倒裝，請寄到以下地址替換：
香港中環皇后大道中 70 號卡佛大廈 1104 室「格子盒作室」收